勞榦選集1

成廬詩稿

勞榦 著

蘭臺出版社

目錄

五言律詩

附：五言排律

七言律詩

目錄

五言絕句

七言絕句

附詞

附錄

蕭序——以史名家兼文壇健者

文之於史，如驂之靳。自昔方軌而比行，斯能御重而致遠。盲左腐遷，辭雄百代，是之謂史以文勝；屈騷賈賦，闐咽簡編，則文以史傳者也。洎夫近日，術業尚專，而涂轍遂歧，分鑣日遠。治史者不盡務文，故徵信之功深，而纂組之才絀。或有述作，鉤稽方策，比緝舊聞而已。至於沈思翰藻，吟詠性情，蓋百不覯一焉。以予所知，獨長沙勞貞一先生以史學名家，兼文壇健者，信乎其難能矣。予夙耳貞一名，顧未嘗一覿其面。第知其邃於史學，馳邁周秦，浸淫漢氏，尤以居延墜簡，枕葄其中者幾三十年，旁搜遠紹，發祕鉤沈，足以糾前誣而啟來哲；初未諗其工於文也。乙巳之秋，予應美邦國務院之邀，講學洛城之加州大學，幸獲締交，相與往還，蓋恂恂君子也。講論之暇，閒以篇章見餉，始驚其屬翰之工，與構思之捷，為之歎服。

貞一、湘人也，而生于秦，長于晉，遊學于燕，訪古于河西漠北之野，以南人之溫秀，得朔氣之清剛。故其為詩也，實兼風華與典重之美。時而為兩京之樸茂，時而為六代之清新，時而為杜、為韓、為昌谷、為玉谿，靡不得其神理；及其至也，則又俱為又俱不為，無不滅其鍼線。非身于詩者，曷足以躋此？又嘗疑治乙部者，恆疲神於名物之考索，湮廢之披尋，宜不能無損於興會。是以篇什之閒，或不免於辭人造情之作。抑中畜者既富，如水伏流，遇罅歕湧，為澗為泉，有不能自已者乎？己未十月，承示其所著成廬詩稿屬序。快睹之餘，徑書所見如是，將以質之知言者焉。

湘鄉　蕭繼宗　序於台北

五言古詩 十二首

雜詩 四首

依依春蘭榮，瑟瑟秋草枯。宇宙有惑志，世運猶樗蒲。
小邦感曹檜，大國誇荊吳。飄風竟終朝，篝火明相呼。
豪雄自攘臂，千百從羣徒。劉項各自營，復楚事亦誣。
巍巍咸陽城，征取原錙銖。一朝滅煙火，何處翻乘除。
生民困頓苛，法網增逃逋。治道本虛靜，蕭曹識其途。
憐彼聰與明，察察詢衛巫。

山谷有松柏，葉葉青琅玕；君子識其常，秉心同歲寒。
淑氣轉河岱，玄風拂巑岏；鴻鵠振羽儀，海表窮雲端。
千里時一顧，綜思良獨難；緬懷金石言，願言發長歎。

大軍過魯國，曾聞絃誦聲。擾擾千百年，治術猶橫經。
世間紛萬態，片語難權衡。世稱諸生迂，城旦書亦輕。
嘉言願常留，慨然思泰平。豈徒枌榆心，亦自江海情。

久聞廬山謠，亦聽孫登嘯。長林訪落花，扁舟送殘照。
近看白雲移，遠賞村翁笑。好語說平生，良辰寄孤傲。
江湖兩相忘，去來不可詔。四時本如環，春風詎云劭。

長煙

長煙紛漠漠，野水流茫茫。途轍無近遠，村舍遙相望。
叔世多所思，中途增慨慷。北闕拱神京，林苑敷長楊。
俠士雄杜陵，誰計珠崖荒。願為丹青書，寫作洴澼方。
肅肅晨風飛，峨峨天漢翔。彭殤爭旦夕，治亂殊玄黃。
世事同奕棊，徙置從相將。遙憐織機人，運轉成七襄。
終此未濟思，萬禩猶其常。不謂西城墟，千門飛建章。

古意

朝登太行山，夜渡呼沱河。亂山生高雲，長河流素波。

行行日以遠，憂思常苦多。雄關厲朝氣，絕塞存坡陀。
豪情田子春，毀譽曾傳訛。豈伊千載名，所患無斧柯。
歸雨方佇步，宿鳥仍清歌。瞻望向京洛，我思愁如何。

注：三國志田疇傳作字子泰，而陶淵明詩作田子春，若以與疇字相關言，當以作子春為是。

寄內

芳草映佳色，好風生清野。落花滿深巷，不見過車馬。
人世本棲棲，滄洲若為假。越溪清可渡，燕柳長盈把。
不及五湖人，同舸煙雨下。

昭化渡口

重車壓輕塵，來此嘉陵路。谷口涉崎嶇，旋入利州渡。
岸柳扇微風，水清石可數。江田禾稻新，雉堞苔痕固。
列列池畔村，靄靄天邊樹。江流從北來，奔騰挾雲霧。
渡頭待歸船，今古如朝暮。佇思大橋橫，轔轔車可度。

過寧羌城

驅車越重巖，平谷得稍憩。頗感龍門奇，微覺西風厲。
直下城郭前，昨宵雨新霽。鳴鳩喚晴來，四山綠猶麗。
別此二十年，舊遊杳難契。過午車復行，秦棧不可際。
寧憐古道荒，彌覺松聲細。

灞陵雨

迢遶太行雲，寂寞灞陵雨。鴻鵠尚長征，南交方解羽。
落木嘯中州，高秋麗清宇。豈無九韶音，亦待百獸舞。
東陵見遺瓜，西垂付玄圃。縱問方朔還，曾嘗太官脯。
殿閣紛逶迤，紛然變符組。獨留青綸書，付將鄒與魯。
雲車轉羲和，歲月不可數。巍巍帝女峯，去天仍尺五。
何當古今情，勒銘向岣嶁。

居延故址

行役尚未已，日暮居延城。廢壘高重重，想見懸旗旌。
今茲天海間，但有秋雲輕。歸途遇崎嶇，枯柳相依憑。
長河向天流，落日如有聲。刺草凝白霜，古道紛縱橫。
豈伊車轍間，曾有千軍行。弔古寧復爾，世亂思清平。
誰為畫長策，贏此千歲名。

謁日本東京觀音寺

民國四十二年秋，自臺灣赴美，道過東京，隨日本人觀光團謁觀世音菩薩祠。及到廟庭，除基督教徒二、三人離隊旁立以外，無不敬恭列隊，一一頂禮。時余亦在隊中，情致感人，非國內率爾謁廟，不施禮數，所能夢見。虔誠如此，亦是其立國精神，未可率爾而輕忽視之也。溯自近數十年來，一般學人幾大多數皆反宗教以自鳴高，其有心維護固有禮文者，必為同輩所訕笑，方之東鄰，為有愧矣。其中教會大學人士尚能不反宗教，而彼教中人亦頗多信仰篤實，以身作則，為世道人心計，理當借重。惟現代追求智慧與信仰宗教，在學術範圍內並不能有效調協，而其聖經中偶涉「反智」傾向，亦苦於無術修改，此誠非古代先知輩之所及料。本來宇宙之中，只此一理，為求心安理得，似亦當求之於內學也。今茲萬方多難，世道日衰，感觸百端，不能自已。謹賦此詩，以告世人。

我行自西南，停航訪江戶。高風吹長衢，皓月滿煙樹。
敬謁大悲祠，信士滿堂廡。登前同一拜，絜誠共心縷。
此來三十年，世風亂無主。禮失求諸野，有淚無從吐。
今我方東來，寸心初一補。何當此神州，共能沾法雨。
願茲教力宏，不付塵與土。爰以區區懷，小詩勵今古。

七言古詩 十五首

辛未春登泰山作

滄桑幾度天柱頹，獨留泰岱峯崔崔。西指芙蓉朝玉極，東橫瀛海接蓬萊。
山迴石瘦裂萬竅，溪谷底沈盤路峭。山風忽自天外來，十里青松一長嘯。
登臨絕頂萬山低，白日扶桑望欲迷。何處祖龍遺舊跡，荒煙暗暗草萋萋。
夕陽雲物本無儔，誰是京華最勝流。南杜北韓雙不見，百年詩思漫悠悠。

昆明黑水祠

昆明浩蕩三百里，漾漾明湖天接水。倒流石骨生蒼茫，破山成峽出龍子。
留灌平川萬頃田，田夫相話自怡然。何應牛背村前笛，譜入絲桐五十絃。

題故宮畫集

風雨沈淪昏九有，舟車歷落紛爭後。雙闕猶能認舊聞，雲山枉自空回首。
海宇曾能識漢家，長安城郭蔚成霞。見說銅仙辭淚後，上林依舊鎖宮花。
北斗西迴碧天外，昆明劫後今猶在。遙看喬木已千秋，漫向源頭問滄海。

涼州詞

斜陽正照涼州道，處處清霜摧碧草。危峯殘雪舊無言，流水寒鴉秋欲老。
百年楊柳未全衰，驛道牛羊款款來。蒲管何人吹故壘，寒梅又聽一城開。
長城塞上霜煙下，拔地清泉仍牧馬。去鴻歸鷺自紛紜，問誰曾是爭雄者。
西風瑟瑟發窮荒，昨日吹雲向大梁。到海九河仍有跡，閒田猶自遍栽桑。

游仙詠

宛宛輕愁不知曙，高樓轉折人間路。玉京此日正春寒，縹渺銀河誰與渡。
承露巍巍宮草萋，步搖歷歷銀鬟齊。昔年綽約尚能憶，千騎雕鞍飄錦泥。
何思小謫瀛寰外，翠輿歷歷青山在。還探月鏡照梳頭，更向痲姑問滄海。

王母珍醪琥珀光，黃金寶佩垂明璫。風塵澒洞亦多事，青鳥何心宿未央。
五銖衣薄不肯棄，啼妝翻寄湘江意。知從凡骨換還丹，勉慰函關過紫氣。
世間柯柲瞬成塵，華表明朝有舊痕。莫問姮娥談歲紀，寒潮總向弄潮人。

壬寅雙十節即事並追懷胡適之先生

歲星在戶月在河，高秋碧海生微波。天光月影雜萬慮，故園不見惟煙蘿。
長衢十里望京洛，龍門巫峽機騰梭。遙思極浦下歸雁，亦知衡岱生秋螺。
夜長夢鎖不知曙，棲鳥尚在宮前樹。謝家池館寂無人，不見詩囊曾覓句。
飄零誰作盟鷗詞，寒雨渾忘思舊賦。如此江山如此情，淒風續斷平蕪路。
曾思逸志向山川，鼙鼓聲中十二年。秋水自如過戶外，春花隨意落樽前。

避亂南來臺北住，又別臺瀛更東渡。來日春初今已秋，鄉心仍向臺瀛顧。
國中耆宿久尊胡，迢遞西風別夢徂。難向平生爭一訣，何從心事話千途。
茂陵人逝春秋在，繁露玉杯終不改。太平原自盼昌期，自古河清終可待。
南天涕淚望松楸，忠懷誰識老成謀。一朝疑謗滿天下，舉世糾彈苦不休。
昌黎新辭已傳世，白傳諷喻宜千秋。賢者立名自不朽，獨憐社稷誰分憂。
暮煙寒葉兩茫茫，詩思如燒正未央。盡許無心依麴蘗，何思有術轉玄黃。
傷心莫問登臨處，客中昨日正重陽。

注：「河清」指適之先生最欣賞顧亭林詩。「遠道不需愁日暮，老年猶自望河清」一聯。

丁未新春從電視見芝加哥紐約諸城積雪數尺車輛不行慨然有作

凍雲凝凝風索索，一夜羣山頭盡白。當街五尺人不行，坐看千街萬街積。
莫教高臥誤袁安，未許尋山思謝客。瑟縮莫笑城頭鴉，魁壘卻想南山柏。
征人佇望短長亭，郵車仍阻東西驛。當年已看海成田，今日翻憐銀作磧。
一爐熒熒思遠道，遙遙萬里今何夕。南天春煖正飛花，北澥堅冰仍滿澤。
日車橫海自隆隆，滿目長安隔今昔。傾城大雪更無前，遍覆瓊洲連太液。
炊煙萬縷暮愁生，天際雲低寒喈喈。一從回首悵風塵，春去春來難著跡。
酒邊時憶李龜年，墩外偏懷謝安石。可堪華髮減豪情，耿耿長天問詩伯。
明日歸鴻定渡河，今宵折簡宜盈尺。何當芳訊滿中原，風光又話城南陌。

詠若塞米特公園

蕭繼宗先生以其詠若塞米特公園詩見示謹用原韻

憶昔南望天都峯，峯巔松石攢蒼穹。今看海外此奇崛，水清石瘦如吟龍。
從知經歷萬千載，冰封日炙紛相攻。獨留頑石堅且巨，谷風相應生黃鍾。
暮春積雪壓山白，晚秋殘葉留枝紅。惟有歸雲不改色，扶搖鳳翼摩青銅。
溪流宛轉西入海，滄溟濁浪東迎風。遙從白日望蓬島，五年別緒思孤蓬。
論詩匡鼎安得見，更想玄談樂鉅公。

石鼓歌　為戴靜山先生作

周綱秦霸既已淪，獨留此碣今尚存。汧渭東奔夕陽遠，邠岐西坐平川昏。
鎬京咸陽兩寂寞，惟見至寶留乾坤。撫摩椎拓一千載，蛟鼉屈畫成苔痕。

填金作白事皆往，翩翻雁影歸雍門。自從昌黎作歌頌，追懷昔日王能尊。更指史籀作大篆，深鐫巨刻相盤屯。所惜刪詩竟漏列，西京盛事偏無言。煌煌大儒本非陋，豈其脫誤難鉤援。文辭刻畫相校訂，於今始得追淵源。戴君經術溯有漢，精闢不僅窺籬樊。馳書告我有新意，字字珍貴猶璵璠。昔聞秦穆始稱伯，公宮東建岐陽原。誓詞恪然記改過，永思良士惟番番讀如字。下漁上獵告天子，勒銘貞石期無諼。結體縱橫得古法，下貽小篆猶蟠爰。豈期孝公變新法，東征韓魏西戎豲。從茲儒術不入秦，吏民察察刑書煩。文信雜道亦卒敗，竟使趙政臨元元。制書天下自頌德，遠邁前古無義軒。茲石沈薶既已久，荊荒草蔓難除翻。中唐出土亦盛舉，昌黎名作詞謇謇。推尊風雅此為最，長篇巨製輕蘋蘩。至今光芒照前古，瑰奇直入文昌垣。辭風書法兩輝映，禮樂射御世所敦。共傳神物宜不朽，頻歷歲序經寒溫。今看紙本亦足慰，前鋒後勁飛鵷鷺。豈期重為玉檢金泥冊，但看今朝白日春風焞。

詠史 二首

隕星夜震江淮汜，共說今年祖龍死。宮軍晚出咸陽城，三十六宮靜如水。
黃花九月發南州，轉折瀟湘生舊愁。自古英雄終寂寞，何須才調論風流。
東溟夜遊西溟醉，驪山翁仲猶沈睡。年年黃葉走紅塵，佇看銅仙滴鉛淚。

河源有路乘槎遠，瑤臺雪解春風晚。寶杯眾采生夜光，名釀蒲桃來大宛。
皇都雙闕高巍峨，樂府新聲幾度歌。弄瑟悲涼傳帝女，馳風天馬走鳴珂。
綺羅轉市黎軒路，萬里征駝封不住。感深勝事話千宵，肯抵長門增一賦。
頻從人世話星塵，天漢伊誰識故津。應知珠履辭章客，亦訪成都賣卜人。

後湖詞

金陵自古稱龍蟠，大江曲折相回環。限畫北騎三百載，六朝接跡能偏安。
巍巍洪武建城郭，寬平壯麗逾京洛。舳艫貢賦四方來，委積倉庾紅粟博。
名湖自昔稱玄武，冊籍魚鱗奠中土。秋風菱芡自年年，春曉鶯鸝仍處處。
自從永樂建新都，城闕猶存舊壯圖。文物繁華今若故，陪京資給領三吳。
數百年華指勝朝，天涯歸思夢魂銷。暫看一統趨新運，還藉舟軍慰寂寥。
江南自昔人文勝，牙籤玉軸相輝映。紅羊浩劫瞬成塵，宗風更賴師儒訂。
曾記南都最盛時，暮春煙浦落花遲。畫艇柳絲波蕩漾，長堤人影路參差。
頻年避亂屢西遷，再來人已向中年。坐談便對新荷雨，出郭猶攜市脯錢。
豈料中原翻鼎沸，南瀛感慨方無既。故家亭榭總煙塵，舊國城闉難髣髴。
興衰代謝本無憀，百卉年年玉露凋。早晚從知陵谷異，寒潮依舊打長橋。

戊申贈仲瓊過歐洲作

嶺東阡陌黃雲熟，嶺西大莫炎威燠。知君命駕自西來，十日高談應不足。
遙看故國正風塵，日南海嶠愁雲屯。百姓猶記太平事，長河柳色今猶新。
渡海此來君萬里，明朝又看蓬壺水。百城朝霧更暮霞，一一應如笑談指。
勝朝風候愁無地，三式詎云探王氣。興亡昨日亦明朝，古往今來原不異。
獨有長鋏無奈何，龍吟虎嘯騷愁多。百年伊呂偶然事，際遇風雲瞬息過。
成功原不必自我，有歌應許今當歌。肯將點竄商盤字，寧論後世誰磋摩。

題詠張大千先生畫

自來岷峨之水稱濫觴，歷經嶔巇更趨海。迴瀾倒掛五百溪，溪水長流終不改。亂峯相聚叢雲封，盤紆錯石相朝宗。雞鳴日出萬峯曉，蓮花石棧紛青紅。何來奇響破空至，達旦高城聞寺鐘。鐘聲出自翠微裏，萬戶煙騰出片紙。驚雷鑿石盤蛟螭，奇絕游蹤竟如是，憶昔北過三危前，回眸一瞬三十年，舊時少年今白首。感君意氣仍無邊，異國投荒人世老。亂離未定乾坤小，憑將筆勢走龍蛇。漫驚風候移花鳥，萬方一概風塵昏。坐談憶舊翻苦辛，高松翠石應相親。乘桴逸氣存嶙峋，登高一嘯前無人。

桃源詩

淵明家在廬山下，一片青山圍綠野。鄰家多是素心人，春秋共慶雞豚社。
茅簷高臥想羲皇，坐弄舊琴絃未張。獨信治行離統馭，但宜人我兩相忘。
華胥有國能成夢，桃源境好漁舟送。還思無治是真詮，問津不必依岩洞。
世塵澆薄異天人，閭閻何須憶夙因。記取溪橋蓮社外，二分明月一分春。

五言律詩 三十九首，附排律一首，共四十首

出西陵峽（壬戌秋）

一出西陵峽，平川四望賒。樓臺接煙水，橘柚帶村家。
市遠潮逾近，雲高月正斜。棲棲人事改，今又出三巴。

辛未暮春登長城

漠南新霽後，今日上長城。細草穿沙潤，殘樓對日明。
蕭蕭嘶馬遠，黯黯白雲平。莫道無邊警，東風有塞聲。

辛未暮秋即事

迤邐平原地，嚴城接海涯。霸才曾問鼎，危勢惜亡家。
秋熟遼天遠，風強白草斜。淒其去年事。猶見漢戎車。
含仇二十載，句踐志猶堅。惟有匹夫勇，乾坤一擲捐。
國鈞非賭注，高調總私偏。回首江湖闊，臨風一泫然。

將別北平

用陳槩厂先生原韻感賦

紛亂經年事，澄清事已遐。故園生暮雨，秋意到黃花。
惆悵楓辭葉，迷濛燕去家。莫憐離別意，好句尚清嘉。

桂林陽朔間舟中

扁舟灕水上，琢句到天涯。碧樹迴長岸，清流透白沙。
煙濃三月雨，日麗萬峯霞。嶺外瀟湘遠，逢春更憶家。

過留壩縣留侯廟

荒城連野驛，獨著此崇祠。岩壁留苔潤，花壇得露滋。
艱虞殘敵盡，辛苦建功遲。豈謂無遺策，難將絳灌知。

過涼州

長征趨玉塞，今日過涼州。野樹迎霜氣，高城入早秋。
泉深田野闢，地闊晚煙浮。南望崎嶇處，祁連正白頭。

自宜賓下李莊舟中

轉折東流水，淒迷更若何。不嫌歸棹晚，微感露華多。
野市隨山聚，漁舟載霧過。江村到家近，農唱聽相和。

注：和字叶平聲。

題句 三首

皓月西風重，孤城白日高。年年江海客，清露滿征袍。
天外長江水，絃中大海濤。問誰懷興處，秋意託龍韜。

二十年中事，星躔進退時。蒼茫人海裏，何故更催詩。
大野龍潛久，羣山別夢知。婆娑憐故柳，生意上新枝。

大庾木未落，洞庭秋已深。還將數行雁，寄與九州心。
好句憑懸解，新詩費苦吟。南村籬菊盛，蠟屐一相尋。

臺灣雜詩 六首

浩蕩長江去，逶迤碧海來。一城趨岸近，四水壓山開。
本具湖山志，誰論幹濟才。出師真一表，遺意劇堪哀。

楓竹春難限，槐榆路正陰。頻看歸燕影，一片落花心。
社鼓村前舞，漁歌海上音。中原方一髮，坐看夕陽沈。

北渚溫泉水，清波泛紫沙。曾開三徑菊，偶過五陵車。
寶繪留寒壁，盤盂想舊家。古今餘忼慨，愁對碧山涯。

漠漠孤雲重，依依北斗高。春風無限意，秋思有餘豪。
遙望長江水，猶能大海逃。誰知鄉國感，萬里隔波濤。

寂寂臺南寺，淒淒直到今。苔痕侵陛滑，石路夾花深。
簫鼓留凡響，歸飛感舊禽。悠然百年事，松柏又森森。
細雨淋雙瀑，微風拂翠湍。須知千里路，仍是接邯鄲。
日冷春將返，花殘露未乾。莫將離別意，試作畫圖看。

傅孟真先生輓詞 三首

經綸稱賈誼，志節近梁鴻。獨行嵩華峻，宏文宇宙公。
遺容蒿目在，巷哭學宮同。佇望東門路，蕭條引暮風。

二十年間日，紛紛夢憶深。窮經千古事，知己百年心。
畫墁難窺孟，讎書敢謝任。天風高北斗，銀漢失相尋。

回首艱難日，朝朝說潰兵。抗言追李固，渡海想田横。
豈料過陽九，真歸夢兩楹。蒼涼思息壤，羣涕待收京。

朱騮先先生輓詞 三首

儀表羣倫日，殷憂社稷時。衡陽羣雁地，曠古一通之。
我亦江湘客，當時欲獻詩。及今餘涕淚，回首意何遲。

學業明新績，崇公二十年。憂勤能惜晷，風範想渟淵。
方在招賢俊，何期更播遷。東郊遺念在，丹雘老桓梴。
客歲殘冬日，曾迎長者車。百年爭瞬息，萬里更踟躕。
悽愴徐君劍，蕭條賈傅居。老成凋謝甚，愁讀茂陵書。

為鄭延平開臺三百年作

九域倉黃際，回天日再中。縱橫揮壯志，肝膽運孤忠。
鐵騎吞平野，樓船護遠風。淒涼孝陵下，無淚送途窮。

人間忠孝盡，慷慨棄儒冠。白日千軍煖，青鋒六月寒。
鹿門霖雨暗，虎帳夜籌寬。薄海風雷勢，稜稜大將壇。

春秋華夏意，筆削古今先。沃野千村雨，平疇萬戶煙。
重城花澹蕩，官道柳蔥芊。社鼓喧闐處，於今三百年。

伍叔儻先生輓詞

渺渺晴天闊，冥冥白浪深。遺詞無限意，琢句有餘心。
俊語終難託，閒愁獨至今。十年天下事，悽愴一沈吟。

賈煜如先生輓詞　二首

恆代雲無極，南溟秋正深。如斯風露夜，竟見客星沈。
甲第當年事，安危此歲心。不堪遺一老，惆悵賦長吟。

虎帳論兵日，艱危拜命初。縱橫思晉楚，詩賦到瓊琚。
北闕平戎策，東郊種樹書。關河風尚勁，遺憾更何如。

夏濟安先生輓詞

世事翻零落，人間惜舊時。看花猶憶酒，對雨更無詩。
海外嗟良友，文壇失巨師。屋梁餘落月，辛苦故人知。

己酉初秋仲瓊來美西留十日將赴紐約書此贈之 二首

十年餘別憶，憂患況平生。漠漠河山重，槃槃歲月驚。
蒼茫如此夜，瑣屑世間名。不盡承平感，殘篇悵獨行。

秋風瀛海外，與子共他鄉。白傅堂初定，馮唐鬢已霜。
西窗寒燭靜，東郭碧湖涼。明日淩風翼，裁詩寄遠方。

注：第六句碧湖指洛杉磯東之箭頭湖，前日曾遊此。

新秋　寄仲瓊

喜聽新秋雨，穿簷到夜分。霸圖宜惜世，好句更思君。
江域城邊曉，燕山樹外雲。銀河憐此夕，星海悵成羣。

秋意　三首（丙辰）

策杖不辭遠，看花得稍閑。久疏籬畔月，時傍眼前山。
蟹市新侵郭，長橋舊到灣。殷勤問鳴鳩，可憶故秦關。

浩蕩長江水，頻年瀉古愁。馬依天外樹，人擁客中秋。
重瓦留霜葉，殘星載荻洲。荒城兼廢寺，誰為證前游。

浮雲驅雨至，又送落霞歸。臧耳疑今是，楊玄悟昔非。
良圖青史晦，故國舊交稀。四海征塵在，紛紛上客衣。

登壟丁公園望海樓（戊午）

海闊晴光遠，風高更上樓。頻依千里夢，且作五湖遊。
鄉國知何定，乾坤任爾浮。天涯無限意，今日正新秋。

溪頭竹（戊午）

萬樹溪頭竹，颸颸作雨聲。層樓長笛影，小閣落花情。
何似雲棲晚，難忘湘水清。丁寧君子意，高節寄蓬瀛。

附：五言排律

在美國康橋作　用吉川幸次郎先生原韻

北渚霜初見，南溟秋正驕。久停征棹住，又見故人要。虎觀風難溯，
龍門望已迢。鄉心雲坦蕩，詩興雨飄搖。舊籍方思隴，豐碑欲問遼。
山鄉存杕杜，神駿感祈招。玄覽終能辨，神思不可撓。隨珠偏自媚，
荊玉獨能聊。雨露迎新歲，喬松識舊朝。般般千載事，一一欲相邀。
洛岸紅初發，仙嵐綠正饒。鎌倉遺甲在，江戶暮苔消。大字依高嶺，
離宮認舊條。風高垂柳舞，溪漲落梅跳。亦有當年寺，真留故國鈔。
繭紋仍細密，筆意自嬈嬌。達道傳鄒魯，奇情挾鬼妖。徘徊看巨闕，
蹀躞記長橋。鼉鼓應難寐，麟經幸未燒。翩翩思古意，尚友未為遙。

七言律詩 六十二首

長安早秋（辛酉作）

郊原掩映下雍州，耿耿潼關接早郵。籬菊黃花新入市，寒砧皓月舊迎秋。
城南古木猶依塔，嶺下流雲半倚樓。當日曲江風景地，今時禾黍滿田疇。

壬戌秋在夔門江上作 二首

半林霜葉對斜暉，古塞崚嶒接翠微。三峽風聲驅夢去，一江帆影送鷗歸。
杜陵吟處空遺跡，夔府燒殘有舊磯。滿目關山留憶處，枯蓬霜露上征衣。

羣峯起處白雲浮，滾滾驚濤激石流。霜角淒心疑遠塞，碧天清意近中秋。
蕭條亂世仍羇客，荏苒微塵接古愁。旅思舊遊雙悢悢，今宵明月似鄜州。

霜夜在北海靜心齋作

離迷霧裏一燈明，舊苑籠寒夜漸生。過嶺雲堆馳凍野，摧簾風片入高城。
離奇艮嶽翻疑夢，鼓噪南蟬若有情。惟有夜鐘還未語。獨留寒柝作霜聲。

注：北海假山用石原艮嶽之遺，為金人北移者。

春日北海 用陳槃厂先生原韻

春色東來曉露宜，野桃昨又發新枝。遙峯隔市仍堪畫，梵塔迎波近入詩。
一代評量曾幾日，頻年憂患又當時。勝朝鉤黨猶堪記，滿樹瓊花莫暫離。

注：北海松坡圖書館有不少梁任公題字。

北海東岸步道

曉月疏疏入岸黃，柳絲花影各微茫。遠山曾識因愁淡，便道相環隔水長。
倦眼千秋同魏晉，歌詩幾度異豳王。春風不為前朝減，又送湖光入畫廊。

西風偶憶

冉冉荒愁一逕過，西風江國隔銅駝。含情弱柳三年大，薄海回瀾萬里多。

尚有羈懷憐里閈，空懷銘勒向蛟鼉。桑乾流過橋頭渚，又見寒霜更渡河。

故都秋景

四野秋蓬照遠明，西山雲物接長城。沈霞廢殿千門影，暮靄歸禽萬木聲。

薄浪桑乾仍驛渡，多風榆塞正藩屏。深思何限昆池水，日夜流清入舊京。

寄內

繡海鋪田細馬輕，夢中車轍記分明。寒潮落盡城猶溼，歸鷺羣飛月未晴。
黃葉蕭蕭人是客，閑愁繞繞雁長征。千山不隔音書路，一語難宣轉側情。

金陵歲暮感懷 二首

世網長謠已費辭，況堪歲暮更哀時。恢儇日月翩翩去，黽勉乾坤黯黯疑。
遙夜鄰歌生萬感，當春海氣到新思。燈前多少嵬隤意，寥廓詩心肯自持。
支離心事強為安，滿目關山歲已闌。到海江河終忽忽，壓城車馬自漫漫。
波濤千古思龍象，哀樂平生入肺肝。僑舊十年人事改，簡書尺二記猶難。

長沙過賈誼宅

秋草寒林更此時，湘流鎮古竟何之。雄風舊國曾無賴，暮雨頻年會有詩。
京邑可堪人物盡，江潭況在別離遲。市聲帆影門前路，客夢鄉懷共子知。

戎州即事 二首

千輪古道壓秋霜，莫向羈心問短長。萬里游蹤仍傍水，千秋薄倖總稱郎。
臨高始信江湖闊，避地翻驚日月長。猶記園林風雨地，歲寒松柏獨蒼蒼。

萬瓦聯城一塔收，片帆殘照古戎州。天涯霜訊催黃葉，亂世浮名薄壯遊。
讀史喜看匡濟事，客居難諱稻粱謀。江干巷陌晴如畫，此日還知是好秋。

江村

十里江村照眼明，笑看林樾已生成。孤懷抵死爭興廢，老態逢人說弟兄。
閒入酒樓攜夜色，笑陪田舍看春耕。華年歷歷無聊長，不改投荒萬里情。

題董彥堂先生殷歷譜

九年征戰記流離，捷緒初傳意更非。各對遙天人共老，頻驚塞雁爾何歸。
疑文龜歷般般定，淑世麟書總總違。春酒酴醾江上路，生憐社稷一戎衣。

春柳 四首 用漁洋秋柳韻

玉壘崢嶸寄蜀魂，大江日夜下荊門。似聞當日桓宣武，曾向柔條駐夢痕。
陶令柴門仍對水，蘭成舊宅聚成村。相逢莫唱陽關曲，迢遞山川肯再論。

峻極南山尚早霜，堅冰十丈下溪塘。支機頑石虛垂釣，隔漢牽牛漫服箱。
戰伐何心思海朔，悲歡無奈憶侯王。霏霏細雨龍池路，寥落天街二百坊。

游春飛絮上征衣，滿目江鄉事已非。笠外青山人在邇，吟邊白紵夢都稀。
伴隄車騎垂垂老，過嶺煙雲款款飛。日下從來無達憶，淒涼灞岸久相違。

眼中阮籍莫相憐，當日章臺早化煙。應識枝條共榮瘁，誰看花絮同聯緜。
江城鴻鵠知何世，石鼓魴鱮不計年。好景當春說不盡，與君長歌江湖邊。

北太平洋飛機上作

長天凝碧日初明，又啟飛鴻一日程。積雪有情趨北野，歸雲無語待南征。
寧思海客追新夢，肯信蓬枝怯遠行。更下迷離人境處，明朝倚岸看潮生。

康橋寄內　二首

海外天寒雁始秋，澄河如練過長洲。孤煙展展雲猶暗，大宇沈沈地欲流。
歸夢有心如昨夜，客情無計理煩憂。雲天一片懷人處，遠樹斜陽古渡頭。

別緒松山記尚新，天涯眉月應憐君。層樓耿耿增離夢，密字重重慰遠人。
萬里衣裳風露重，四時風雨煖寒頻。簾前正對秋燈苦，數點寒星下碧津。

和孫克寬先生題北湖集詩

幽居常想故人車，新見晴暉煖到沙。藜杖春風南郭酒，蓬窗午夢少城霞。機心盡落詩能味，故紙頻看眼更花。奇略已忘霜鬢在，未妨蔬筍誤年華。

注：南郭酒及下章買醉長安市句，雖非事實，但因詩之情調，用此為佳，亦無可改。集中言酒者，皆是虛構，幸讀者勿認為說謊也。

戊戌新歲偶成 三首

俗慮豪情共一塵，紛紛白髮等閒身。文章未必偏憐汝，肝膽何須苦照人。橘外輸贏仍一局，夢中螻蟻自千春。十年辜負經生老，松菊依然話比鄰。

經世文章未應名，小園曾住庾蘭成。未將霜鬢誇先覺，豈恃蓬門傲後生。
閤外詩書攤午睡，道旁禾黍接新晴。扶笻買醉長安市，滿座無人識長卿。

隔院轔轔度陌車，分明猶是客京華。傖蛛護葉新成網，怯燕含泥近作家。
入憶青峯仍閣夜，窺愁烏帽自天涯。明朝倘見春風到，為報新詩入杏花。

寄遠

舊亭新閣兩茫然，敢向貞元理舊篇。皐座堂墀春入憶，雞鳴城闕夜難遷。
青山應許憐危素，白髮何心老鄭虔。異地昆明應識爾，彌天風雨落花前。

庚子春作

樓閣參差眼倦看，無端風雨似長安。十年故國添愁易，萬里新思入話難。
海闊定宜傳夕照，春深何用怯餘寒。鵬雲蝸角終同在，坐擁天河入夜闌。

庚子秋日偶成

萬里長天海氣開，憑誰消息問樓臺。秋風白下無詩到，落日黃河有雁來。
邦國自憐成獨往，典型依約向寒灰。泰山封禪尋常事，偏費相如作賦才。

庚子十一月赴馬尼拉開歷史學會，會畢擬赴香港一行，而香港簽證遲遲不到，無法前往，仲瓊以詩來，即步原韻卻寄

離愁誰遣西風隔，海表仍看散木全。漫想清談號驚座，佇依片紙各生憐。
匡時無計陳千策，閉閤猶堪誦一篇。蓬島如今猶未遠，何思秉燭話頻年。

四十八年八月和仲瓊作　二首

憂患餘生淚早乾，天涯到處異悲歡。盈庭議論辭皆腐，到眼心情話本難。
誰遣飄風移夙夜，肯懷意趣近荒殘。十年世事蒼茫意，漫向旁人說自安。

歷歷興衰感逝波，謂誰清論接維摩。錙銖俗感真難校，堅白情懷漸已磨。
稍見侵晨孤月小，驚聞竟日午雞多。茫茫易象誠難據，不若深堂自縱歌。

題羅吉眉先生手搨千佛洞于闐公主供養像題字

鳴沙古寺存三界，瀚海風塵到七州。猶見名王故公主，盛容遺記費尋搜。
珍聞海宇傳孤本，繭紙書裁識舊籌。憔悴玉關千里夢，更堪霜訊記清游。

題盧毓駿先生建築設計稿

秋風瑟瑟憶咸陽，白日皋皋下建章。千載衣冠仍杳莫，百城桓桷自蒼黃。
開新巨手傳斤斧，訪舊遺文有闡揚。海內及今仍獨步，問誰真意到明堂。

齊諧

江邊老樹輪囷長，閣外晴雲去住繁。肯信齊諧三萬里，應知城旦五千言。
晴鳩春煖方窺樹，葵露朝晞欲滿園。深巷自安無博識，不須鄰里上高軒。

于右任先生輓詞

海表邱山倏已摧，仍餘筆意走風雷。萬千僑舊悲元老，百二河山失俊才。
大澤菰蒲思故牧，寒泉霜露報羣哀。牧翁家祭留詩在，關輔王師倘再來。

癸卯暮春書事

郊居未得近桑麻，嘯傲從知訪客車。剩欲衣冠懷海岱，何堪消息問塵沙。
渴餘風雨恩猶重，物外懷思鬢易華。酒客人豪同落寞，雲峯深處望天涯。

一九六四年八月自阿拉斯加西行過太平洋作

白日隨人到海涯，行雲千里泛新紗。當年客夢曾成憶，此夕離懷更憶家。
廣澤堅冰秋似玉，輕雷寒翼夜疑車。明朝又向中原望，愁對長河想舊槎。

和仲瓊詠紐約聯合國大廈

四集舟車集一堂，由來勝會重冠裳。蝸城獵獵方爭角，蟻垤般般競列王。
春夢落花深似海。秋心繁露煖如湯。古今曲直知何定，坐看殘星媚夕陽。

按仲瓊函寄遊康橋新作，去此十五年矣勉和一章

澄鮮猶記海頭雲，過陸音書喜共聞。野鶴千尋誰識彼，黃花滿地更逢君。
入簷曉露迎山氣，度澤他鄉過雁羣。還憶小樓風雨夜，動搖城郭近秋分。

注：在康橋時曾遇大颶風，所居樓頂幾在震動。波士頓有一數百年教堂被吹毀。

西望

浩蕩滄洲感逝波，舷歌江漢近如何。三春有夢長安市，四野無雲敕勒歌。
漫記荒寒窺弱水，還思草樹帶長河。孤蓬不解蕪城賦，難繪興衰上翠螺。

江山

千里江湖尚建瓴，詩懷無處問新亭。依簷北斗穿松碧，隔座東山到夜青。
誰遣胸懷驚世網，平思笑語對常經。鷗波應識羈孤意，惆悵西風過洞庭。

丁未上元和仲瓊元旦試筆原韻 三首

誰分姮娥號夜光，落梅聲裏作餘香。寒鐘隱霧春知曉，社燕依人客憶鄉。
玉檜按圖窺罔象，石渠說怪記羵羊。從來世事荒唐甚，何必輿前問楚狂。

殘文蠹簡總成篇，畫裏關山亦黯然。黃犢幾番憐舊曲，青詞屢代謾登仙。
祈年猶盼春初雪，聽雨常思閣外蓮。午睡紅樓殊未畢，孤懷應誓海頭川。

繁霜落木記侵尋，萬里殘陽共此心。暮雨巫陽宜有夢，寒檠宋玉久無吟。
九州煙雨分朝夕，一線江山自古今。明月滿天春夜永，習聞簫管奏南音。

陳世驤先生輓詞

平生知舊況如君，海外相逢感舊聞。意氣飛騰仍惜世，關山寥落更增文。
落花三月春方別，弱水千尋淚更紛。無數斷雲回望處，彌天愁思照孤墳。

和仲瓊乙卯徐夜書懷 四首

雪已堆鹽雨作絲，旅懷南北況君知。秋心滄海催詩早，春草池塘繫夢遲。
盡許興亡關國運，仍思歲月到明時。相看何必瓊華樹，一夜離披捲故枝。

五時迷濛感帝靈，申公泗上尚傳經。難將膂力誇良士。又見蹕龍轉歲星。
此際寧論仙掌碧，來時應認酒旗青。眼中異代留殘夢，巷鼓斜陽幾處聽。

暮黛朝暉各淺深，開天舊事話如今。樓前鸜鵒朝朝語，澤畔奎婁夜夜心。
誰分星關移北渚，情知月窟照南林。因緣後浪仍前浪，感喟新吟似舊吟。

萬里山川轉鬱盤，中城歌鼓尚狂歡。枯桐肯信迷三宿，清夜何須羨四難。
惆悵思惟留客座，分明評論出旁觀。南窗又見鶯春曉，深巷高枝擁歲寒。

蓬壺 二首

蓬壺煙雨尚熹微，王氣江頭事已非。朝霧柳枝新絮少，秋風榆塞舊鴻稀。
樓前夢屑知何是，日下虛聲許眾違。莫向長河窺古道，苔痕黯黯上征衣。
萬千城郭爾何知，淚眼歌情各自知。底事陽秋能北渡，憑將甲子記東籬。
肯聽郢上移宮曲，莫問連昌訪竹詩。何罪世人歸棄婦，不教風雪共雙枝。

胡展堂與譚組庵疊相唱和，用師期韻，當日和者甚多，今又見報紙，即用原韻成詩五章

灞上曾留十萬師，車攻河朔近無詩。花前思發千山雨，海上雲深九域凝。
江左風流垂盡日，嶺隅煙瘴未開時。青溪誰度桓伊曲，竟日塵心付子期。

陰符績業本無師，獨守長綸為釣詩。稷里仍傳犀首辯，洛塵翻笑虎頭癡。
十年大宇崩雲日，萬里長河落日時。百戰餘生爭瞬息，昇平一紙儻相期。

辜負行人範我師，中原麥秀未成詩。朔方自古多秋草，畫筆而今號大癡。
客樹肯移三宿夜，鳴鳩應及一犁時。高城立馬尋常事，畢竟羣生有後期。

早汪春秋號餅師，亂離高密漫箋詩。疏狂接棒憐君寵，寂默拈花笑汝癡。
半捲珠簾看夕照，勉排佳節待明時。征西有夢無從記，極目憑闌又一期。
萬里名山一鍊師，丹成河塞未能詩。朱絃自古乖新譜，紫閣何妨納舊癡。
天漢三千迴午夜，園鶯竟夕唱清時。洞天晝永渾無事，翻羡新豐約酒期。

隔海

隔海家山照夢青，有懷風雨付伶俜。迷離盧橘無新感，宛轉黃鸝有世情。
十里羣鷗知客住，三更皓月照隄平。豪雄意氣知何是，一夜松聲到上清。

雜憶 用汪經憲先生原韻和原作

海國棲羇歲月流，西風又見上林丘。遣懷儻許傳三徑，論道何堪鑄六州。
十載樓臺無燕到，千秋殿閣看萍浮。艱難此意仍孤往，借問新豐得句不。

壽州　用汪經憲先生原韻和原作

天分南北接三吳，異代雄風此壯圖。戰馬臨風淝水冷，平蕪到海楚山孤。
蒼茫煙雨憑誰立，擾攘舟車為世趨。卻想淮南舊消息，飛騰雞犬起城烏。

注：第五句用蘇東坡「出潁口初見淮山，是日至壽州」中「故人久立煙蒼茫」句意。

和仲瓊來詩

南溟風候雨絲絲，海氣盤城夜有姿。漸感羈愁陪眾醉，稍翻玄意費沈思。
離離關柳真成憶，耿耿長天漫賦詩。客夢鳴雞方戒旦，中原燈火望中遲。

五言絕句 五十七首

山中雜詠 七首

村煙發林端，危石攢幽道。
處處見丹楓，山中得秋早。

午夢微風煖，晴窗燕子輕。
林端鷓鴣到，又聽喚春耕。

山邊日漸昏，江上雲初溼。
樹杪傳鳩鳴，應知風雨急。

峯頭走亂雲，夜氣連長薄。
風雨自東來，滿山松子落。

驟雨擊屋瓦，深簷響欲裂。
遙知嶺北原，正壓嚴城雪。

露氣驅殘月，晨光送早霞。
山鄉增自媚，開遍野桃花。

草市開及晨，紛然自來往。
惟有道旁泉，迎風發清響。

題句　二十首

秋月靜如珪，秋山遠相接。
村人古道歸，籬邊下黃葉。

君自山中來，還向山中去。
莫道白雲深，仍是人行處。

雁門春訊晚，古道積餘寒。
一夜霜聲緊，明朝雪滿山。

灘聲十里喧，灘水紛相注。
萬石客舟過，崩騰挾雲霧。

新秋風雨裏，一夕下嘉陵。
斷岸寒砧晚，孤城翠麓平。
落花深似海，春水碧於油。
夜雨依風潤，新秧綠滿疇。
驕陽出高林，溼露蒸三伏。
坐待西風生，雨聲下盤谷。
斷雲凝白日，遠岸夾霜楓。
一棹吳江冷，長天送晚鐘。

藍關晴雪裏，古驛馬蹄輕。
明日商於道，離家近一程。

千門傳蠟炬，落日下長安。
嫩柳龍池畔，啼鶯怯薄寒。

白隄春訊到，還是舊西湖。
古墓依殘塔，重樓傍碧蕪。

皓月出清皐，寒翠滴林表。
清風自天來，煙波下飛鳥。

本是長干人，家在橫塘住。
落幕下秦淮，流向橫塘渡。

傍水城南道，坊坊百姓家。
東風關不住，又發洛陽花。

十載江潭客，春風一棹還。
雲低荊樹密，日落洞庭寬。

白雲寒山起，清江碧草生。
春愁烟似織，何似錦官城。

小樓春雨夜，不覺是天涯。
今夕看晴照，明朝訪杏花。

野水拂寒樓，長征夢未休。
西風吹不盡，詩興過平洲。

白日依孤巘，寒江繞翠嵐。
野橋人遠望，彷彿似江南。

一夜江南雪，三春客子心。
落颿千里夢，別意四絃琴。

續題句 十四首

朝下桂林溪，暮下湘江浦。
既看嶺頭雲，又聽蓬邊雨。

春柳拂江隄，遙指襄陽路。
好鳥正迎春，向人啼不住。

日出清溪頭，花發清溪尾。
清溪不見人，漁歌發葭葦。

朝為白帝游，暮訪荊門客。
皓月到柴門，塘前映如壁。

日影柳煙中，人行大隄裏。
一片槳聲喧，時看白鷗起。
青谿春水碧，十里到長干。
一曲傳長笛，清聲下廣寒。
暮色下終南，山中滿松檜。
歸雲遶樹來，青峯隔雲外。
華嶽出雲端，歷世幾新故。
不見封禪文，但留道人住。

洛陽鄉社罷，九老各相從。
秋圃看晴菊，春郊倚瘦筇。

為訪嚴陵跡，桐廬一棹還。
錢塘城在望，仍是富春山。

注：黃大癡居於錢塘筲箕泉，據圖書集成，地在富陽錢塘界上（地名不見浙江方志）。所作富春山居圖，蓋以其下本是富春江，則山亦是富春山也。

清江發扁舟，一去三十里。
靄靄岸邊村，沈沈晚煙起。

早歲曾為別，相逢已白頭。
莫從江浦望，此是少年遊。

春城芳訊早，又聽賣花聲。
深巷飄輕絮，高樓照晚晴。

寒梅連翠蔓，春水發芙蓉。
小閣環修竹，高風入古松。

大峽谷　八首

驅車平原頭，白日下沙漠。
危石壓古道，青松轉幽壑。

十里到長河，刻削自玄古。
壁立萬仞中，日月照亭午。

風雨溯當年，輕舟下三蜀。
微感此荒寒，頗憶彼清肅。

日影照觚稜，殊方各黃紫。
曲折幻陰晴，一去數百里。

日煖風聲定，天高露氣清。
絃中聽舊調，踥蹀馬蹄輕。

莽原晴意多，長途白日曜。
風雨偶然來，松催萬峯嘯。

客館靜無語，列列松風鬧。
最宜明月夜，清聲傳廣寒。

湍流出遠谷，滙作碧湖明。
遠岸依山曲，寬隄接路平。

若塞米特公園 八首

轉折入深溪，隨溪上盤路。
一谷瞬然開，羣峯走煙霧。

華嶽與黄山，舊知松石好。
不意萬里東，奇蹤發夭矯。

玄石堅且剛，懸巖峙壁削。
飛瀑下懸晶，百丈峯前落。

瀑水下危巖，紛飛互奇態。
渴虹耀曉曦，懸珠拂曚曖。

玄冥換秋景，雪積寒山中。
潛溪發素石，冰枝凝古松。
檜柏夾幽徑，卓立三千年。
不知人世改，但見歲時遷。
高樹圍清池，樹靜池亦定。
墮葉飄秋晴，彌彌滿山徑。
小閣俯清溪，明月照當戶。
水聲囀圓石，風聲發叢樹。

七言絕句 九十七首

春日郊遊（辛酉）

郭外長渠自在清，風前飄絮半依城。
菜花滿地春如酒，十里柴車問杜陵。

辛未重陽即事 五首

含泥新燕怨雕梁，無數東風過畫堂。
露井沈沈寒食閉，可堪重問故王昌。

風雨晨昏付寂寥，一城嘶馬漫蕭蕭。
機中又織興衰運，天使乘槎鬢已凋。

目斷滄溟日夜分，樓臺簷靜露成雲。
博山夜永香方燼，問卜鍾山向子文。

浩蕩關山一線通，江南日夜換飄風。
芳菲何限幽蘭意，遲暮情懷夢雨中。

戍鼓嚴城日易斜，鬱金堂樹夜棲鴉。
莫愁昨夜西家去，蕭瑟東藩正落花。

河西雜興（辛巳）四首

北風呼嘯過羣山，吹雪如塵萬壑乾。
路轉馬嘶人影外，可知音訊到長安。

寒林古道馬蹄荒，一片斜陽認渺茫。
自古江南哀不盡，含情何必孔東塘。

門前山徑草方生，春滿江湄萬里情。
欲寄柔風吹曉市，翻憐夜雨撼高城。

壯懷辛苦鬢先知，寂寞河山似舊時。
明燭小窗如此夜，何當重誦杜陵詩。

邊塞雜詠 八首

漠漠平山遠入吳，依羣歸雁向菰蒲。
秋風何預人間事，吹落征塵到碧蕪。

昨夜西風正度遼，如鉤新月照歸潮。
今宵又領馳驅意，遙向蓬瀛曲處飄。

祈連積石戍雲殘，六月征塵未解鞍。
誰問酒泉城畔水，照人如鏡月光寒。

朝發删丹暮玉關，戍樓高處壓羣山。
天邊何限征人意，數點秋雲白雁還。

華林金谷兩茫茫，日夕沙頭字幾行。
卻憶東城春似海，爭知塞上月如霜。

斜陽滿目是高秋，白草黃沙倚戍樓。
續續烽煙看不斷，五千橫笛下涼州。

牧馬千羣柳萬枝，翻憐灞岸曲中時。
貂裘不換新豐酒，卻誦車鄰出塞詩。

碧海淵渟白水流，韶光十載又西州。
繁華事盛章臺路，都護將軍自白頭。

和陳定山先生集清真句　八首

朝朝風雨寄天涯，海表羈懷鬢已華。
千里鴻泥回望處，雲封愁絕錦城花。

已向南園惜落紅，更憐古戍馬羣空。
殘陽落照無人問，夢到長城月滿胸。

青鳥猶憐古恨長，為君夜夜減梳妝。
樓前故國分明是，別酒何堪浣舊腸。

笠簑樂府總成悲，樓閣東西繡幕垂。
昨夜天風尚東渡，照君明月過花枝。

初日晶瑩露未收，猶知西北照危樓。
王孫芳草今猶在，世事依然夢不收。

秋水天涯意轉宜，海風吹雨夜雲低。
鬢雲鏡裏初能認，不寫華箋答故知。

海表雲深蜃氣涼，東風吹過碧蘿香。
杜鵑花媚山能坐，柳自低頭蝶自狂。

薄午晴雲入翠微，麗天鴻鵠正羣飛。
東風又綠青溪樹，寂寞橫塘自搗衣。

民國四十三年秋日在康橋作 四首

小樓西畔是長河，萬葉無聲旅雁過。
十里橋頭明月好，不曾分去客愁多。

新晴極浦麗朝霞，獨立闌干憶歲華。
欲問江城雙燕子，尋常巷陌有無家。

昨夜西風過未央，長安城郭正蒼茫。
含情今夕天池水，莫向銅仙問建章。

近寺寒鐘過二更，正催黃葉下重城。
鄉心欲轉天邊日，寄與南郊萬里情。

康橋寄內 二首

海闊天寬不自知，難抒客思到新詩。
日車此際遲遲轉，今日才過第十時。

秋懷遙望夜深長，無際峯巒映水光。
海外今宵燈影上，八分明月正如霜。

題莊尚嚴先生華嚴洞讀書圖　二首

靈境常依七載心，忽驚霜葉漸相侵。
憐君一枕蓬壺夢，賞識清鐘梵外音。

樓閣森然自莽蒼，分明几硯尚成行。
畫中無限平生意，獨立中原向夕陽。

送羅錦堂君赴日本研究

千頃平湖九疊山，落花時節似長安。
一帆載與詩囊去，為訪山陽到舊栞。

題蘇瑩輝先生藏瘞鶴銘舊拓本

神思猶繞舊家除，寂寂山中宰相居。
今日南朝遺跡在，清徽歷歷問何如。

題陳鴛水先生重遊泮水詩 二首（用原韻）

大廈何堪屢見傾，霸圖王跡已全更。
誰憐杏子槐花處，依約離離百卉生。

龍朔仙翁尚憶韓，弦音逸世盡堪彈。
十年海國風霜慣，不與旁人說遂安。

鳳城 四首

鳳城寒雨妒春殘，十丈狂濤自弄湍。
鎮古閑愁銷不盡，莫教清夢寤陳摶。

綿綿洛水杜鵑啼，一夜飄風草盡低。
莫向重樓怨瑤瑟，殘陽又下洞庭西。

隋隄煙柳尚遲遲，漫記皋門入畫時。
錦瑟年華偏自誤，滿城人誦薛蟠詩。

百歲興亡轉瞬過，人間鍼艾總蹉跎。
愴懷萬里多情夢，空見重城隔絳河。

和仲瓊新歲感懷　四首

山澤兵氛車尚溫，幾番風雨萃高門。
從來法術都難賴，豈獨韓非號寡恩。

仙路還丹自渺茫，稷門雄辯各紛張。
獨憐窮海沙丘夜，猶遣蒙卿拜素章。

隼擊龍騰指顧閒，嚴城消息隔重關。
華亭翠幕無窮感，腸斷鵷臺第一班。

萬擔山呼說鳳城，離宮燈火夜通明。
南交使節昨宵事，何必昭臺此日情。

題句 四首

南蕩東陂春水多，陌頭車馬任奔波。
峯頭留得孤雲住，猶見黃梅細雨過。

夜來春雨潤垂楊，野水平流不滿塘。
日暮小原風過處，菜花時雜豆花香。

江鄉煙柳靜無譁，半舊屏門百姓家。
一夜東風歸淑氣，簷前開遍鼠姑花。

瀟湘歸夢到清淮，雨後船窗四面開。
斜掛布帆風正穩，一江波送晚山來。

清明家祭考妣

嶺雲萬里隔長天，鄉夢依依四十年。
猶是昔時游子意，純誠遙繫炷香前。

巴山雜憶 用汪經憲先生原韻

寒雨巫山迥絕塵，靜中鷗鷺亦相親。
劇憐一枕滄桑夢，辜負江頭擊楫人。
四望雲低照晚霞，臨江舊宅有人家。
懸巖處處無樵採，霜葉迎風似落花。

楊子嘉陵各淺深，清溪百丈下寒林。
片帆轉折斜暉處，一樣千迴客子心。

激石流江薄霧天，遙峯深處月華圓。
奔馳萬慮無從說，欲向鐘聲覓畫禪。

詠梅為周士心先生題畫 二首

林表新晴夜氣遲，貝裘卭杖立多時。
霜鐘警策香如海，月影高寒瘦是詩。

注：貝裘指吉貝裘，亦即木棉裘，若用狐裘則與景不協矣。

青陽消息到人間，綠竹千竿水一灣。
長笛數聲明月夜，半城還憶舊孤山。

和千家詩七絕　四十首

李書田先生近和有千家詩七絕四十首，謹再和之。攄詞繫韵，無志可言，敢獻博聞，聊箋朋盍。

江城春草碧連天，不信高歌感逝川。
萬里征塵歸老驥，肯將絃柱問華年。

聞道雄圖出渭濱，百年思辯古猶新。
莫將圭璧留為瑞，應許桑麻點作春。

山圍積玉水流金，繡谷朝陽澤向陰。
梁父吟成師曠老，朱絲滴滴夜沈沈。

萬里青陽化作春，誰家梁燕翦香勻。
佛貍祠下成荒徑，翻憶當年擊楫人。

平沙古塞戍樓殘，二月風高送遠寒。
日午涼州傳牧笛，祁連積雪正闌干。

犁前糞土貴如酥，更問渠頭下水無。
昔日種瓜人已渺，不知春色滿皇都。

客裏風光入歲除，天涯芳草未全蘇。
情知鄉思如花事，卻把新符換舊符。

玉檢金泥十二章，崇壇清秘夜焚香。
甘泉太室神仙事，后土祠前說武皇。

園林深鎖壓霜枝，物換星移總自知。
晼晚江城吹奏罷，沈窗清影月參差。

潼關漭瀁對雲開，涇渭流聲次第回。
惟有終南明月好，閑情又照五陵來。

殿閣遙看更幾重，御園深閟燦芙蓉。
不知閱世知多少，昨夜瑤庭下玉龍。

年年輦路誤羊車，目送清渠去似蛇。
坐看滿園紅葉下，昭陽殿角日初斜。

銀漢遙看不計程，難忘此處是華清。
興亡有淚無從溯，化作巴山夜雨聲。

塵寰芥子各為容，疏密滄溟碧竟濃。
歷世色身時一見，千秋車笠故相逢。

長天照晚鎮餘寒，西塞巍峨白鷺閒。
一自橫江無鐵鎖，漁歌不再唱家山。

巴渚龍門蟻入地，越州雁蕩峭連天。
詩情萬丈無從說，誰在烏篷酒客船。

萬頃波濤湧夜光，山形如帶展迴廊。
嫦娥自古稱姝麗，猶作人間半面妝。

太乙雪寒生夜明，一峯危坐靜如僧。
俗中仍有清齋供，遙對長安萬戶燈。

萬彙筌蹄事本紛，難將掛角認詩魂。
肩帷汗雨曾成市，野徑茅簷且作村。

今時寒畯舊輕肥，此日朱門故白扉。
儒墨短長同一轍，乾坤袖裏竟何歸。

插地群峯雪作花，冰河倒掛玉溝斜。
飄零雲物依風去，又過重城幾萬家。

海上朝陽映曉紅，鷗波千里靜無風。
輕舟漾漾蓬瀛淺，無奈中原戰伐中。

青鳥昨宵過嶺來，瑤城桃樹正堪栽。
垂紅碎碧盈千里，倘許安排次第開。

清秋麗日竹枝篷，估客今朝盡向東。
為報長干深巷裏，巴陵不見石尤風。

銅龍清漏滴成苔，雙闕無言向日開。
三十六宮春晝永，簾前不見諫書來。

詩思如潮酒國香，千秋陶阮尚生光。
平生辜負騷人意，不認糟邱作故鄉。

不教橫槊建安閒，驢背風流亦自閑。
惆悵雁門關下路，興亡何必問遺山。

咸京花放曲江流，楚塞猿啼杜若洲。
兩地鑄詞同一概，若為佳句詢東流。

浩蕩遲迴路指秦，西征烽火及殘春。
綠芒驅馬他年路，江國何心識故津。

獵獵驚沙捲地來，枯桑野火挾雲回。
羣狐一嘯荒營柳，誰省將軍舊日栽。

石徑迴旋半覆苔，依村藜藿雜花開。
旗亭寥落無佳客，竟是傖荒俗韵來。

一雨池塘春草生，雲低幾處亂蛙鳴。
輕風吹拂新芽柳，時見蜻蜓度草橫。

細雨斜風郭隗臺，千門楊柳畫圖開。
汶篁已盡昭王死，又見豐碑碣石來。

啼鶯春樹石門陂，正是歸人返棹時。
猶似利州城外渡，隔江嘶馬晚煙遲。

注：「陂」通行本作「波」，今改正。

春陰江上潛龍舞，秋雨溪頭石燕飛。
為報斑騅楊柳岸，游絲又罥落花歸。

注：原詩第一句「啼」字出韻，今不用。

千里風寒雪作氈，離離松檜列青錢。
重裘直指山前道，遙見羣峯相對眠。

歲暮疏寒早放衙，賣餳聲裏下京華。
一燈風定潮聲穩，歸棹無人不憶家。

人海乘除歷歲華，四時風物舊天涯。
重城夜雪風前絮，別院吟蛩雨後蛙。

五尺金牛一徑開，嚴關鼓角自相催。
問誰識得閑中趣，瘦馬斜陽側帽來。

陌上新晴護曉妝，十年芳草化成棠。
昨宵一夢飛花雨，半拂珠簾半粉牆。

附詞

沁園春　二首

沁園春本東都舊曲，自有宮商。南渡以後，溢出舊時規範，以行文之語行之，未可以為準則也。此詞上闋第十一字必用去聲，第四十二字必用平聲，下闋第二字必用平聲叶韻，第十二字及第四十五字亦必用平聲始合。

（一）

宿雨新收，春興猶慵，弱柳再眠。記芙蕖臺榭，蘅薇池館，魚蝦早市，湖海歸船。勝會同歡，清言未歇，佇看新詩紛上箋。從誰問，更暗移葭呂，密換宮絃。依然、越水遼天。憐短堠、長亭沈午煙。溯平泉樹石，游驄早謝，要荒日月，仄夢方圓。洛浦苔深，江湄草淺，南國王孫殊未旋。憑闌望，又雲翻薊塞，霧下秦川。

（二）

秋肅天高，山靜沙明，塞雁倦飛。歎遙峯江渚，雲旗就泯，京華草樹，城是人非。狂兕歸濤，輕羅去浪，莫遣西風趨翠微。登臨望，似邠岐婦子，未授寒衣。　芳菲、景物多違。愁誤卻、烏衣梁燕歸。料瓊琚臺榭，槐榆都落，蓬萊煙水，白日初晞。漸瘦沈腰，頻增庾賦，樽酒何堪鄉夢稀。興亡地，況豐碑泰岱，字滅苔肥。

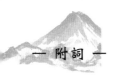

西子妝慢

詩思如潮，酒旗初上，照眼清波方麗。片帆吹送早來風，訊漁歌、興衰難計。邊聲又起。對征雁、欲言還已。賸浮雲，正亭亭西北，客心常繫。
登臨地。禾黍依依，尚有中原氣。郢城暮靄老廉頗，勒燕然、古今能幾。他鄉如寄。等閑情、問閭求里。但羈懷、舉目關山無際。

摸魚兒

溯江鄉、村坊飄絮，年芳春信仍裕。東風趨下芙蓉浦，點點菰蒲凝露。曾幾度。分付堂前鸚鵡簷前樹。關山如故。看漲海飛潮，蓬壺夢雨，目送倦鴻去。
憑誰誤，嶺表煙雲無數。笛聲吹澈南渡。烏衣燕子偏相遇，頻費覓詩搜句。還記取。樓閣下，朝朝暮暮軿車路。嚴城小住。憶梅李開時，珠簾捲處，漠淡楚天霧。

新荷葉

和胡世楨先生用辛稼軒韻

海國園林，鵑聲斷續重歸。屏山半掩，楊花初試翻飛。清宵病雨，任溪風吹上簾衣、莫教消渴、春寒又減腰圍。　遠樹相攜，枝陰阻滯芳菲。久客羈情，十年深感睽違。褪紅怨綠，縱多情難上金徽。獨留玉笛，聲聲總自因依。

滿庭芳　用丁龍驤先生原韻

朔表征鴻，江皐舊客，小游偶到荒臺。酸風迎夜，花落似遺釵。何分漁歌野唱，隋宮外、簫管傳哀。千載事，興亡各半，春去總秋來。　徘徊。看此處，江山信美，況是天涯。佇海隅飄露，曉樹凝霾。流水孤懷並去，殘箋還誤誓江淮。題句處，瓜州劍閣，更指畫圖開。

賣花聲　用丁龍驤先生原韻

萬籟上西樓。幾度回眸。平川芳草接天浮。句裏靈均誰省得，極浦悠悠。驛路大江頭。舊跡空留。庾家春與杜家秋。千里夕陽千里樹，鎮古凝憂。

踏莎行

柳暗前溪，桃紅古渡。當年曾述長楊賦。絃中知己認平生，問誰能識馮唐誤。　千古關山，百年煙樹。如今仍是江南路。鑑湖老卻賀方回，人間只誦迴腸句。

歸國謠

山外雨。雲外斜陽村外渚。關塞長征羈旅。風前何限語。　西望京華何許。雁鶩紛無緒。日夜江河東去。有夢翻難據。

卜算子

殘月照冰原，風過山仍靜。下指寒潭百丈深，搖落珊瑚影。　落木自生秋，雨雪摧高嶺。瘦盡澄江九尺潮。共對長天冷。

浣谿紗　四首

瀰漫湖山自在浮，蕭蕭葭葦滿汀洲。洞庭歸雁已成秋。　長晝客心雲嶺外，百年風雨峴山頭。詩情何似碧江流。

芳草伶俜古道閑，斜陽一抹是河山。疏林倦鳥舊柴關。　故國有情常萬里。修篁無語任千竿。清秋風勁酒杯寬。

向晚晴雲渡海來，武皇宮闕半荒苔。又聽鄰笛趁風回。　無可說時偏有句，難成憶處漫相猜。伊誰省識杜陵哀。

風定雲高海氣閑，渡淮晴月舊知還。樹清花靜水潺潺。　物外短長天外路，眼中車馬霧中山。長街燈火盡相關。

鵲踏枝　九首　用馮延巳原韻

過雨殘雲飛片片。樓上箏聲，竟夕風前轉。山外餘霞光漸散。思君此日情何限。　明鏡含愁嫌對面。望遠憑空，碧瀣猶清淺。一髮中洲還隱現，羈心幾度思量徧。

天際歸帆看片片。不盡峯巒，何處知君轉。一雨涼生煩暑散。獨留黃葉愁無限。風定昆池如鏡面。千里桑田，幾度臨清淺。莫道秋來秋不見。月華圓缺天涯遍。

坐聽落花紛墮久。王謝堂前，此日人非舊。莫道江城春似酒。春風賦與人俱瘦。灞上煙籠橋上柳。悵別盈城，不似當年有。惟有管絃飄舞袖。華燈夜夜三更後。

碚磧縈洄春水裂。目斷蒼梧，山水無窮折。不信明朝疑夢歇。淒心枕上愁如結。夜夜思君同皎月。付與清徽，一任絃嗚咽。古井沈沈何必說。真情自古無離別。

春煖小園衫袖薄。瘦損腰肢，舊夢難忘卻。風捲長安花正落。殘戕肯負當年約。深巷樓頭常寂寞。望斷霓旌，杯酒無從酌。莫道歸鞍明日作。眼前誰慰人哀樂。

蘭芷芳心期自許。汎汎浮雲，蔽日常來去。莫信春城花解語。高邱無奈嬋娟誤。似水年華催鬢縷。老去劉郎，永憶征西路。十載關山留夢處。如君還憶當年否。

秉燭遨遊嫌晝短。蓬島蒼茫，豈謂黃金換。風雨喧豗渾不管。獨憐有夢無從斷。十里垂楊當日岸。寶楫珍航，還記橫河漢。莫向蕪城思舊伴。迷離暮雨江鄉滿。

故國迢遶難極目。海角南風，綠上園頭竹。細雨珠簾垂箓籔。螺峯數點如新浴。天外崑崙森白玉。不盡長城，誰奏橫吹曲。畫裏風塵看不足。千秋定憶胡笳促。

坐看桃櫻隨水去。春去春來，盡是朝和暮。天際烏雲山外路。茂陵風雨昭陵樹。蜀棧鈴聲猶自語。夜雨晴暉，今昔還同否。世事原如風外絮。莫思興廢知何處。

追憶

九十年華緩緩來，深情舊感兩徘徊。難悔剩憶思昨夜，豈料窗前壓眾哀。
貧賤可曾當夢影，榮華畢竟付塵埃。紛紛世網猶能記，獨此新愁不可開。

點點煩憂不自持，相依竟是別離時。行藏動靜思君立，起坐隨來令我思。
魂夢無情當幻境，胸懷有限入詩詞。南山望斷新墳處，何日陪君苦未知。

萬種煩愁一例來，病危猶對我關懷。可堪白日輕雲夕，竟失持家淑世才。
月到下弦難作暈，露經遙夜滴成苔。傷心七十年間事，已去時光不可回。

時在丁丑盛夏，萬感俱來，賦此志憶

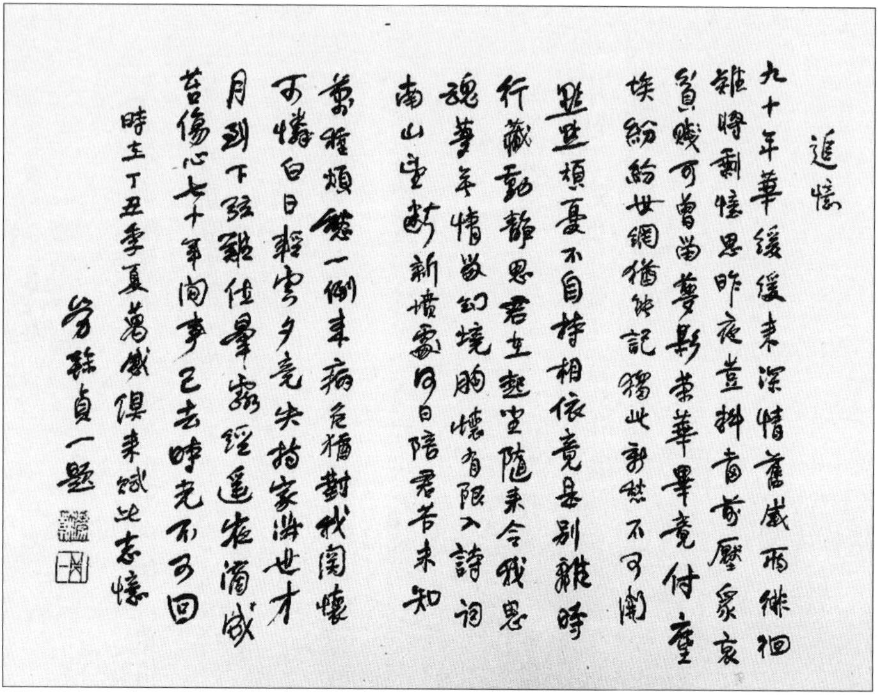

夫人於一九九八年去世，享年八十九，先生哀痛之餘，作此三首，時年九十。

附錄

勞榦先生　墨寶

大漠歸雲女河藏
日薄里郡藏千秋
史筆

貞一勞錄

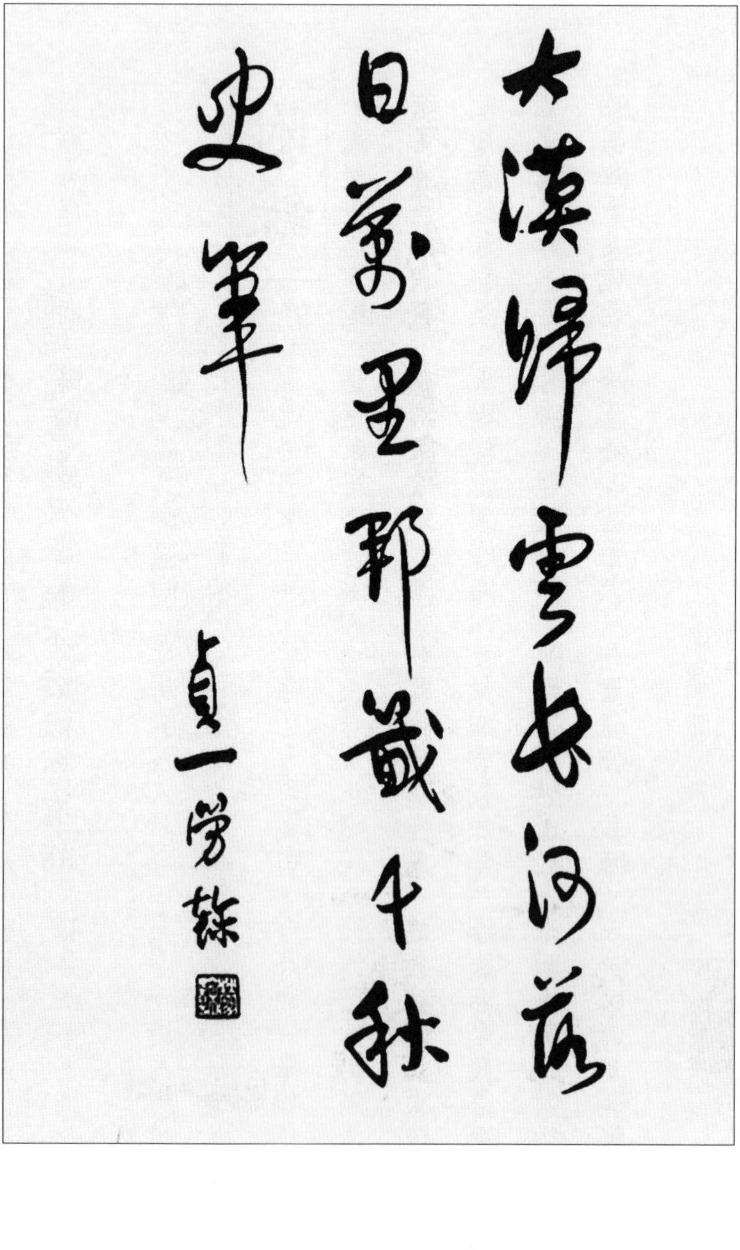

清溪九折眇氤氲
煙空山勻碧映月
兩圓

勞榦錄

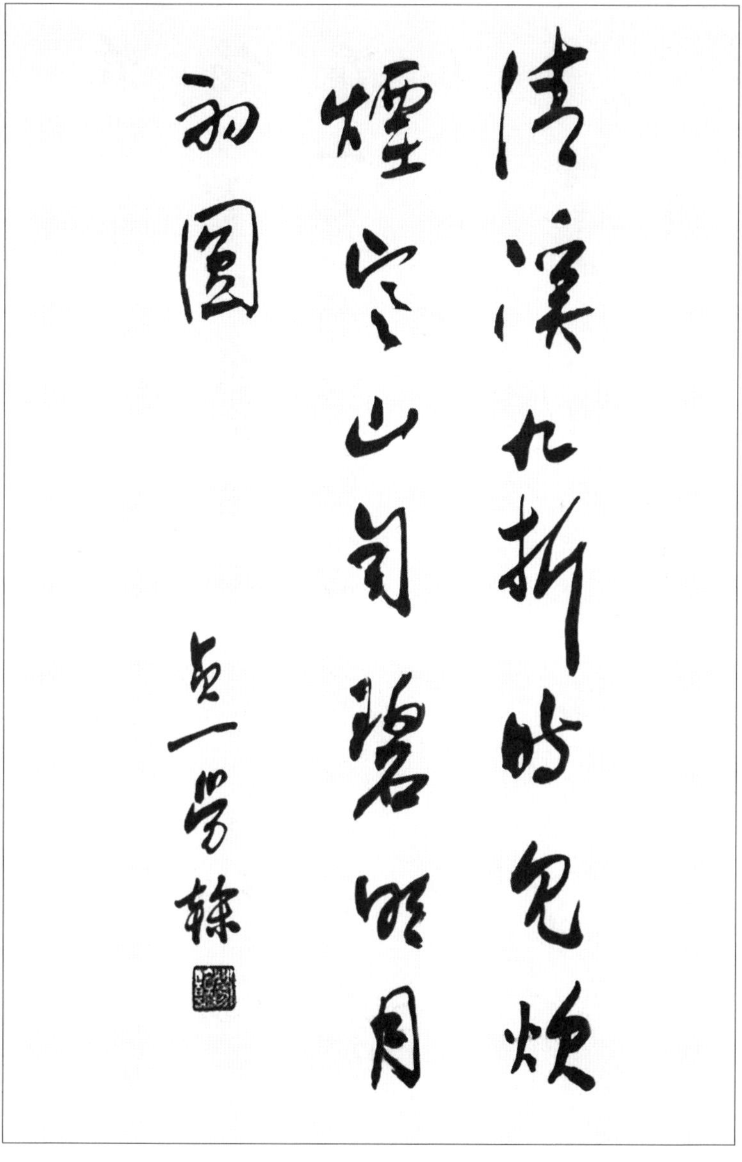

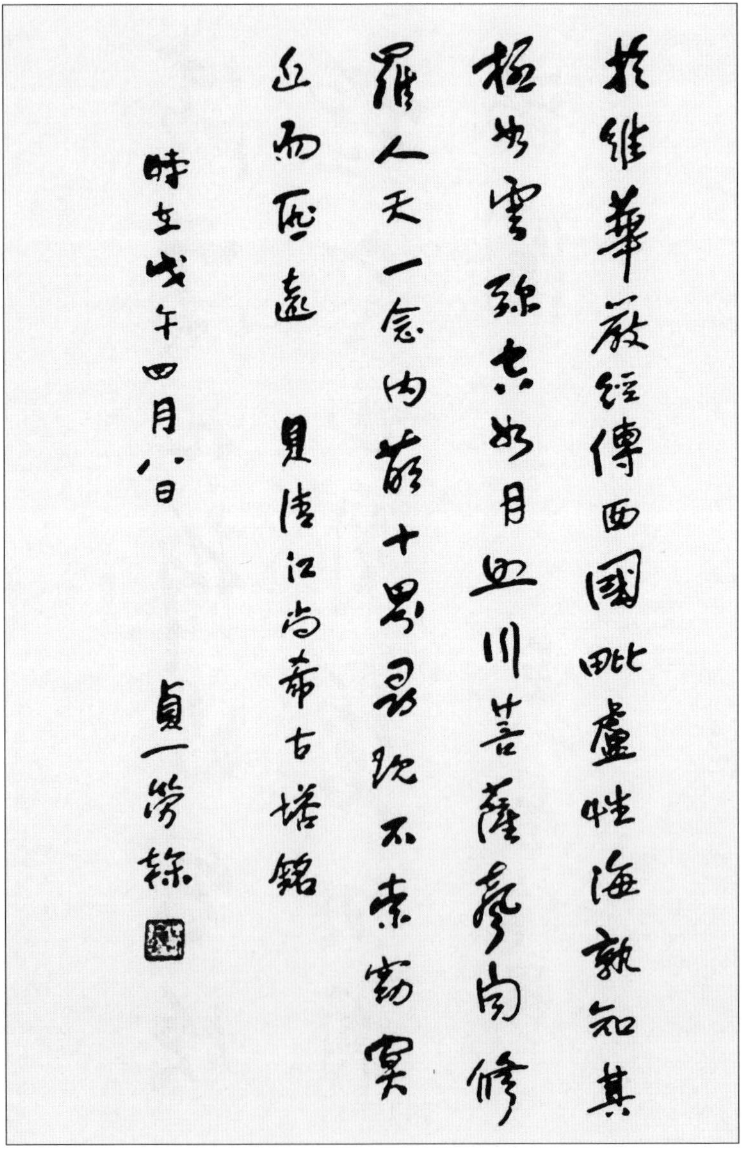
於維華嚴經傳西國毗盧性海孰知其
極如雲綠去如月照川菩薩尚修
羅人天一念內蔽十界影現不素勤實
近而愈遠
見唐江南布古塔銘
時在戊午四月八日
貞一勞錄

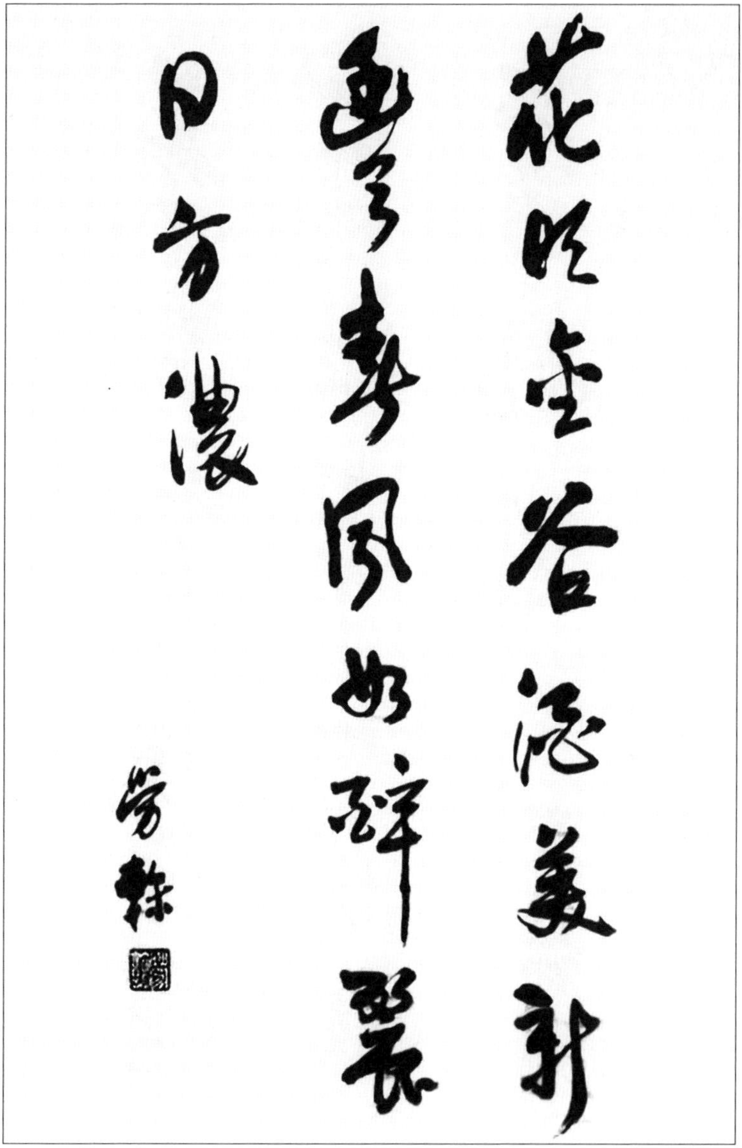

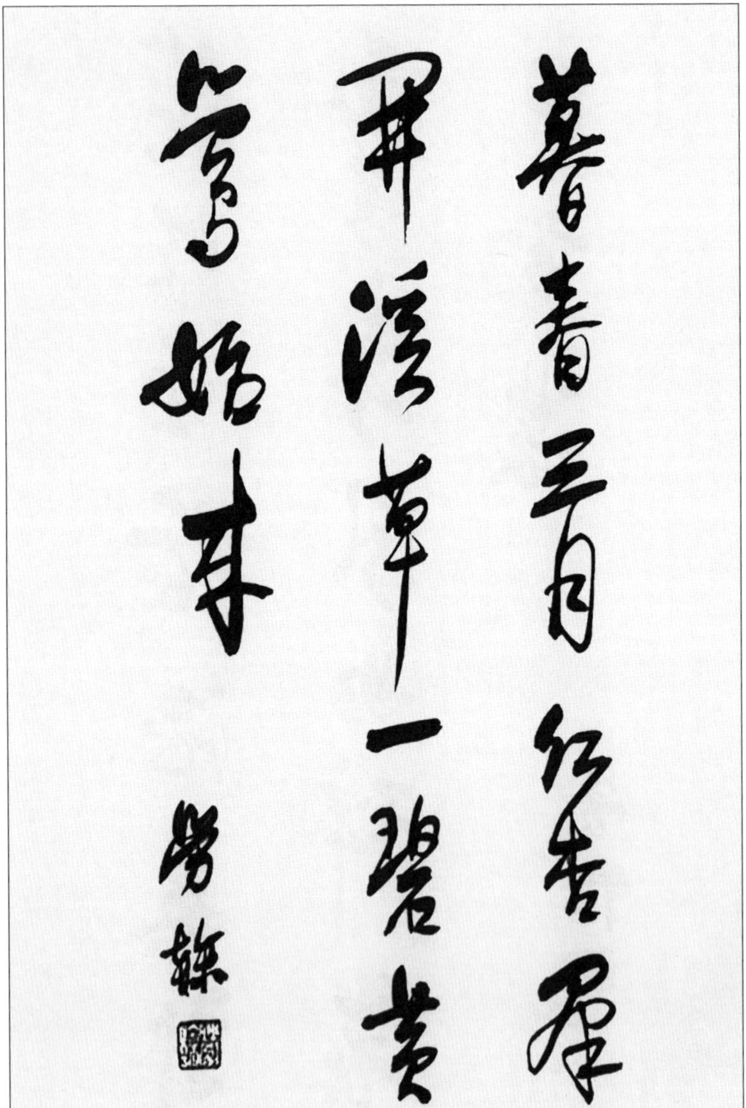

皓月碧峯高
海潮長千千里夢
春雨淨湘浦秋心大

丙辰新歲為

弟掞

比靜寫

勞榦

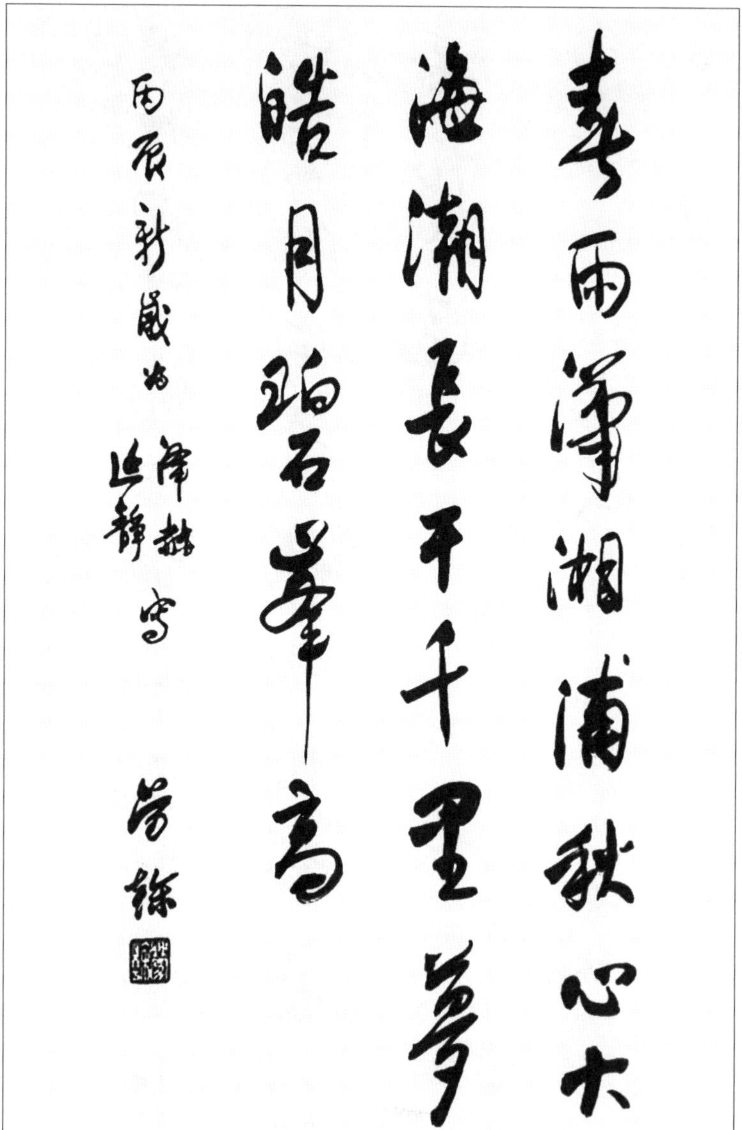

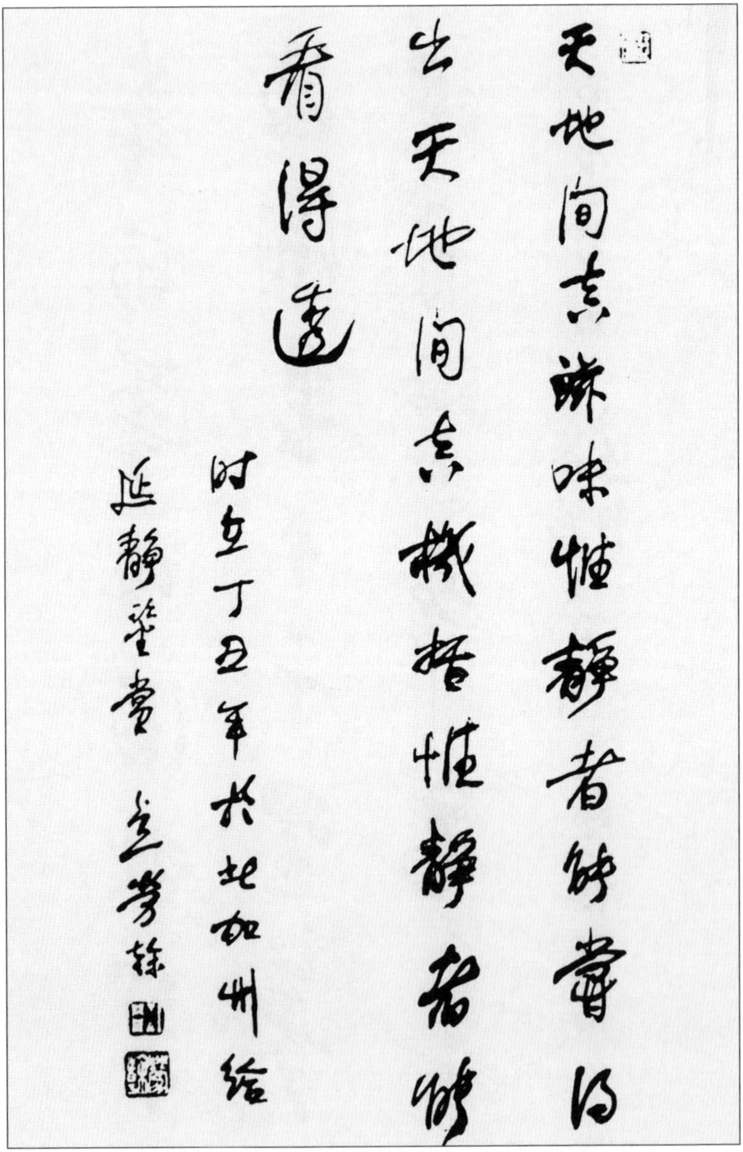
天地間真滋味惟靜者能嘗得
出天地間真機括惟靜者能
看得透
時在丁丑年於北加州

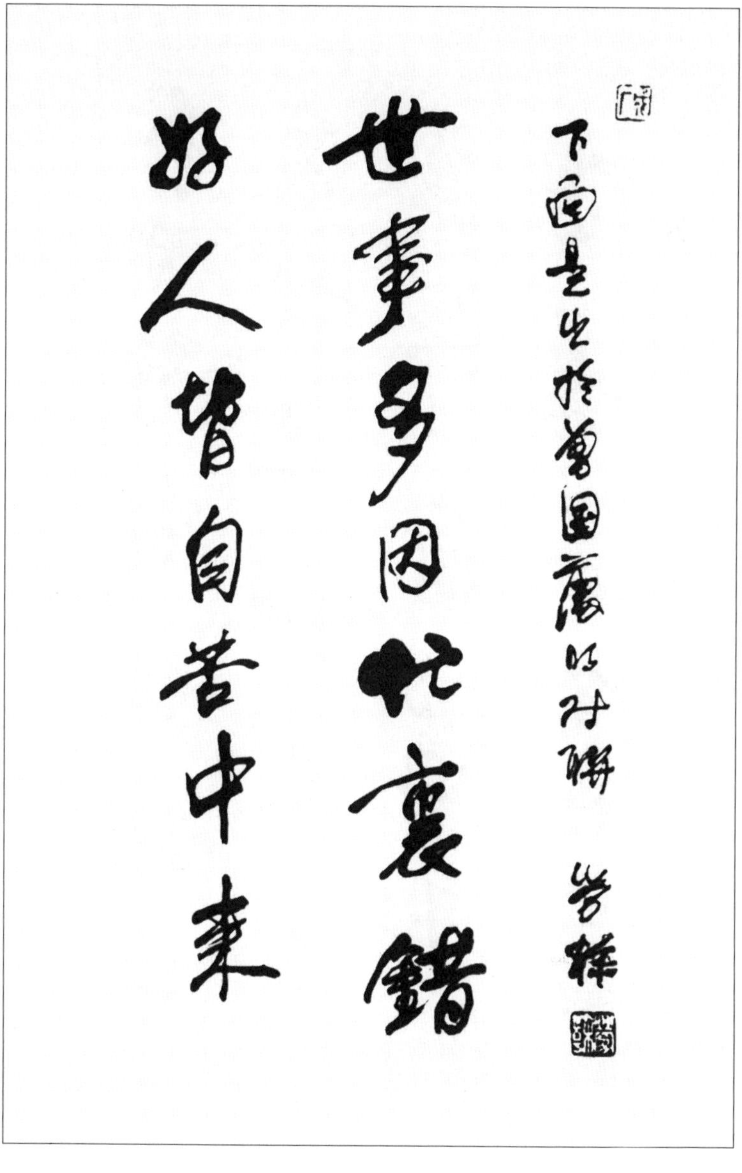
下面是出於曾國藩的對聯
世事多因忙裏錯
好人皆自苦中來
勞榦

秋月靜如珠 秋山
遠相接村人古
道歸羅羅下
黄葉
勞森

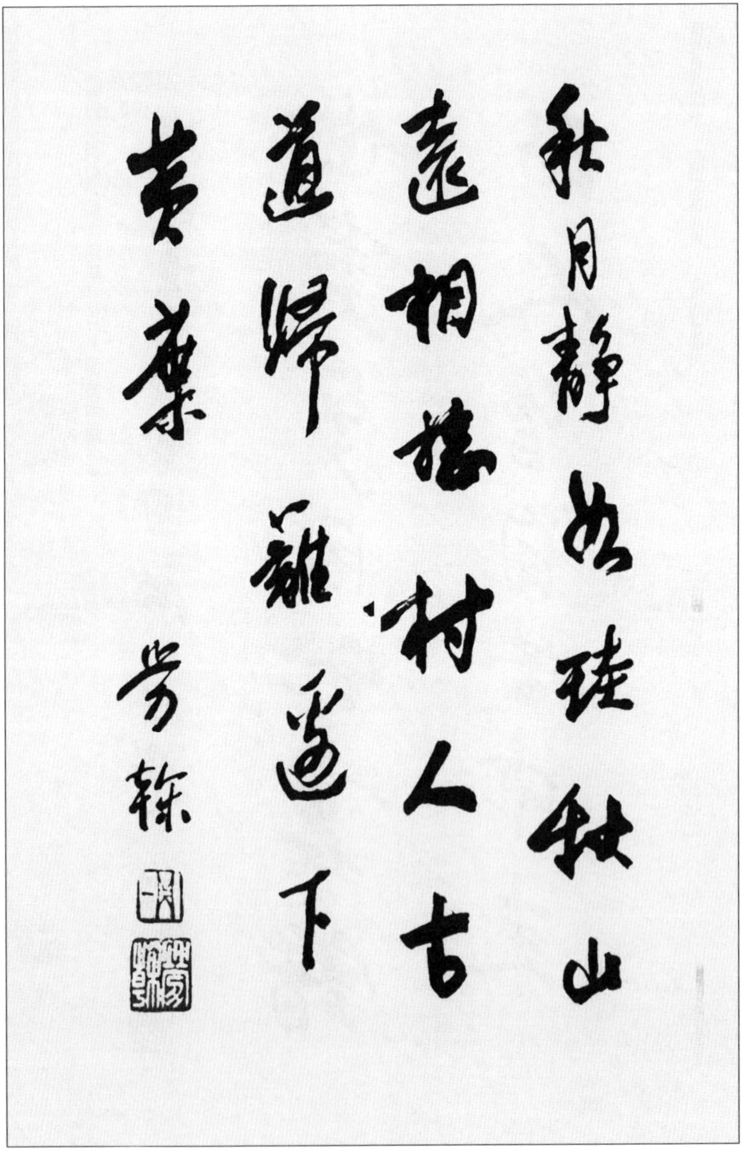

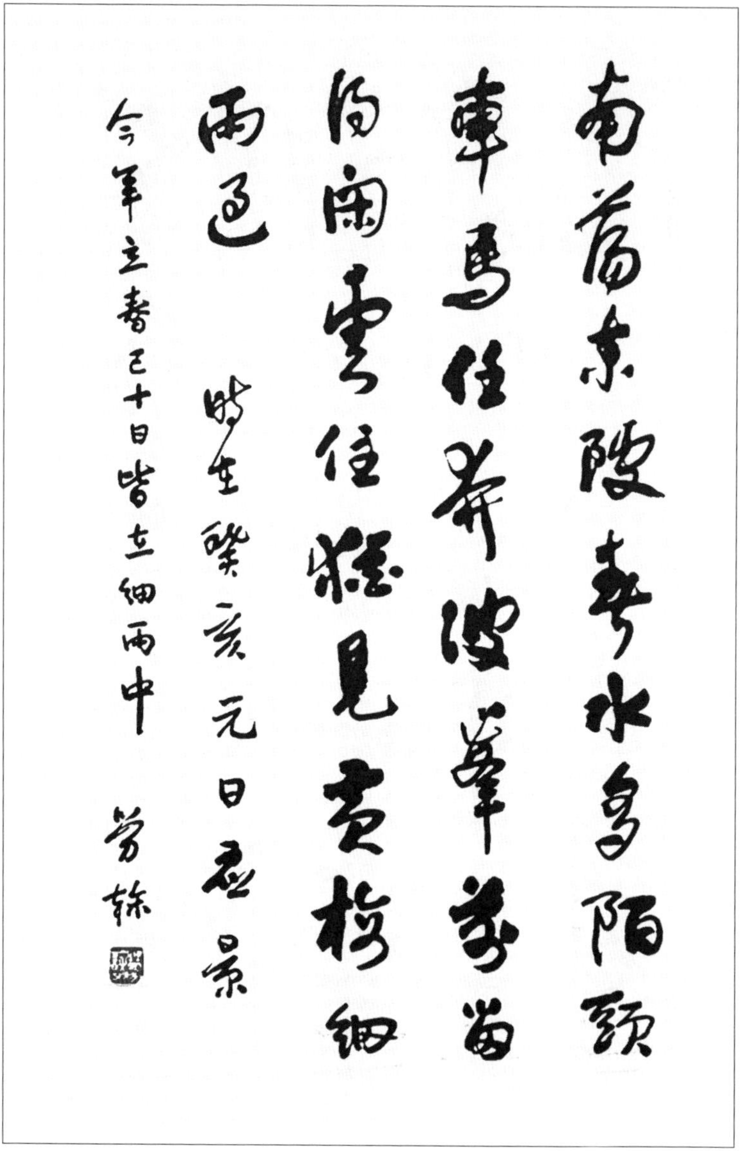
時在癸亥元日晨景
今年立春已十日皆在細雨中
勞榦

春風无浪好栽月
對林泉盡
白華競舞
游魚彭下川

岑樓

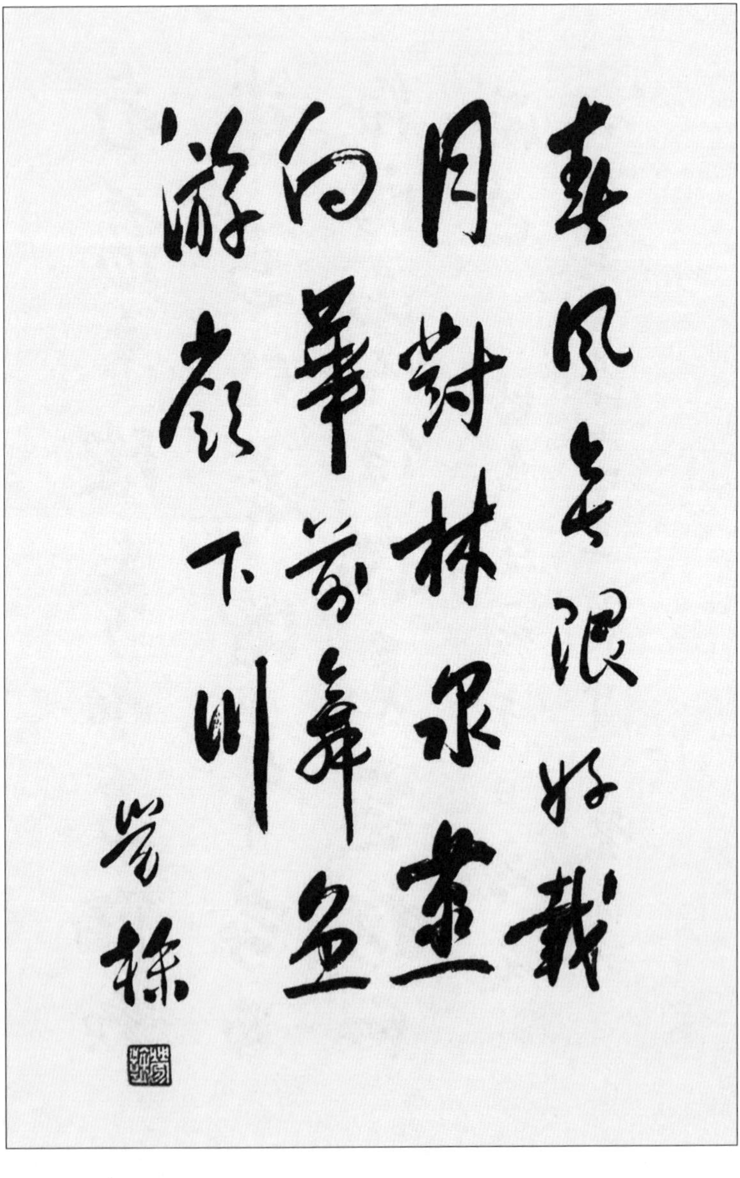

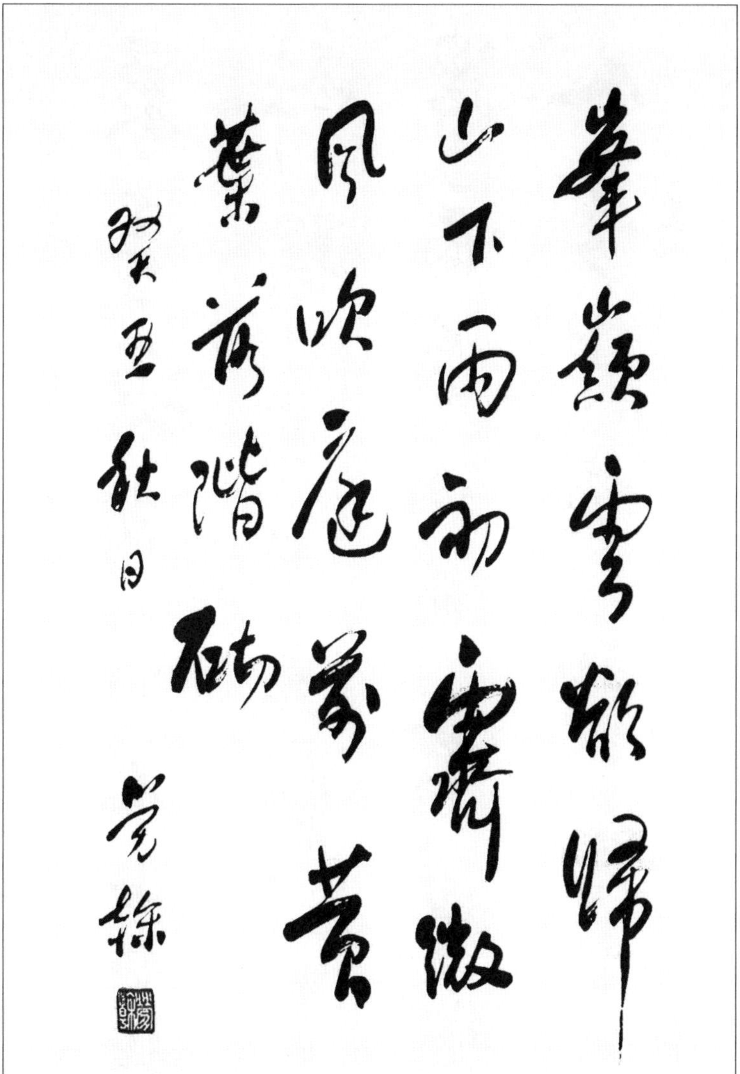

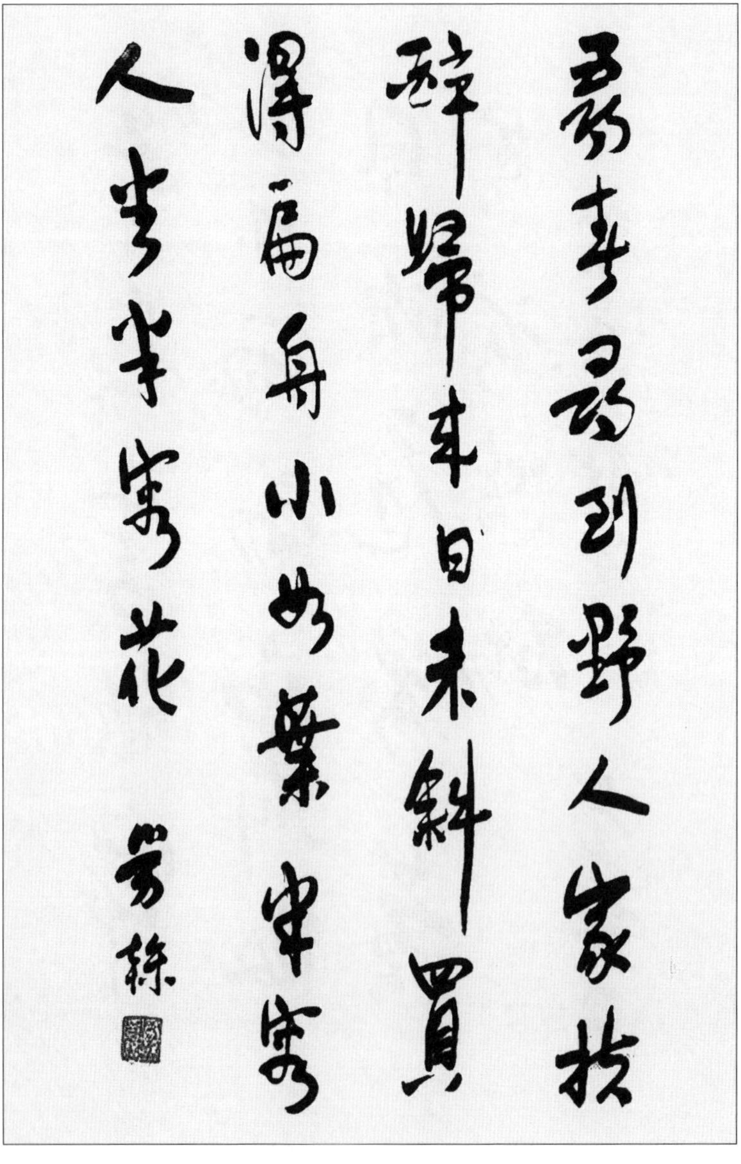
尋春
到野人家扶
醉歸來日未斜買
得扁舟小如葉半寄
人生半寄花

瀏覽江妹賸光

登却內山市塵

紅梅外梅閣翠率

徹間　庚辰春　榦

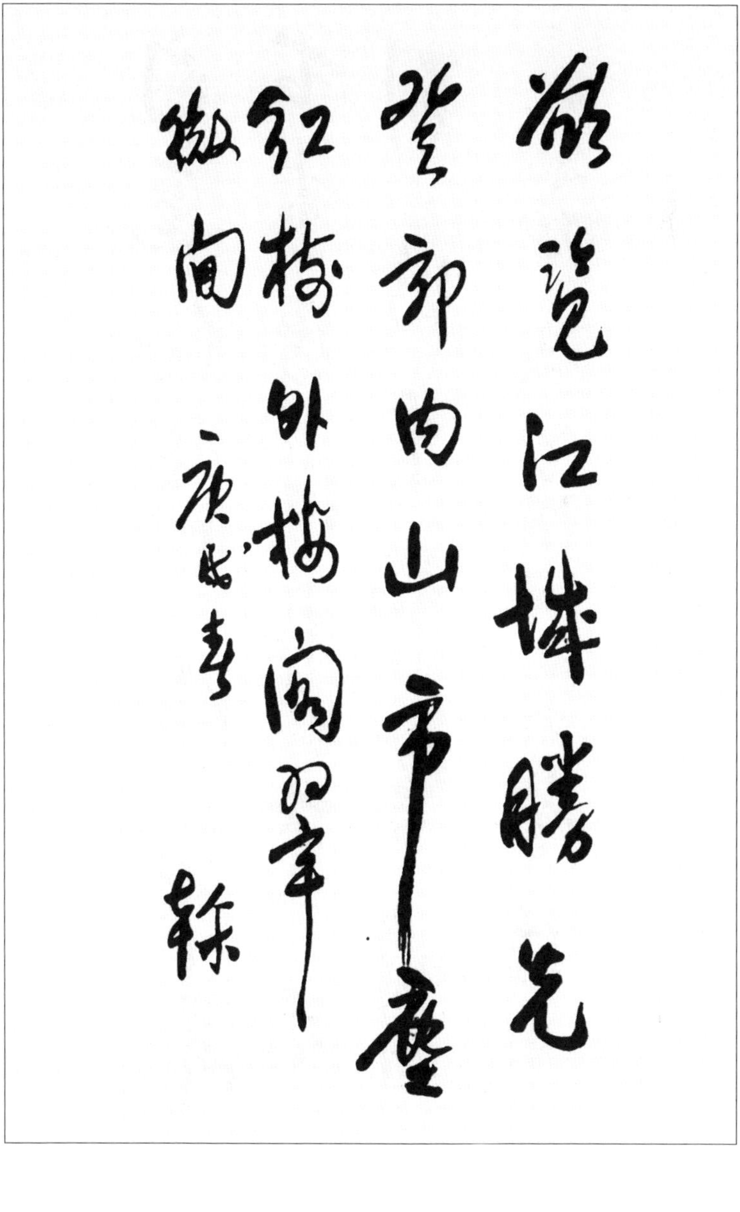

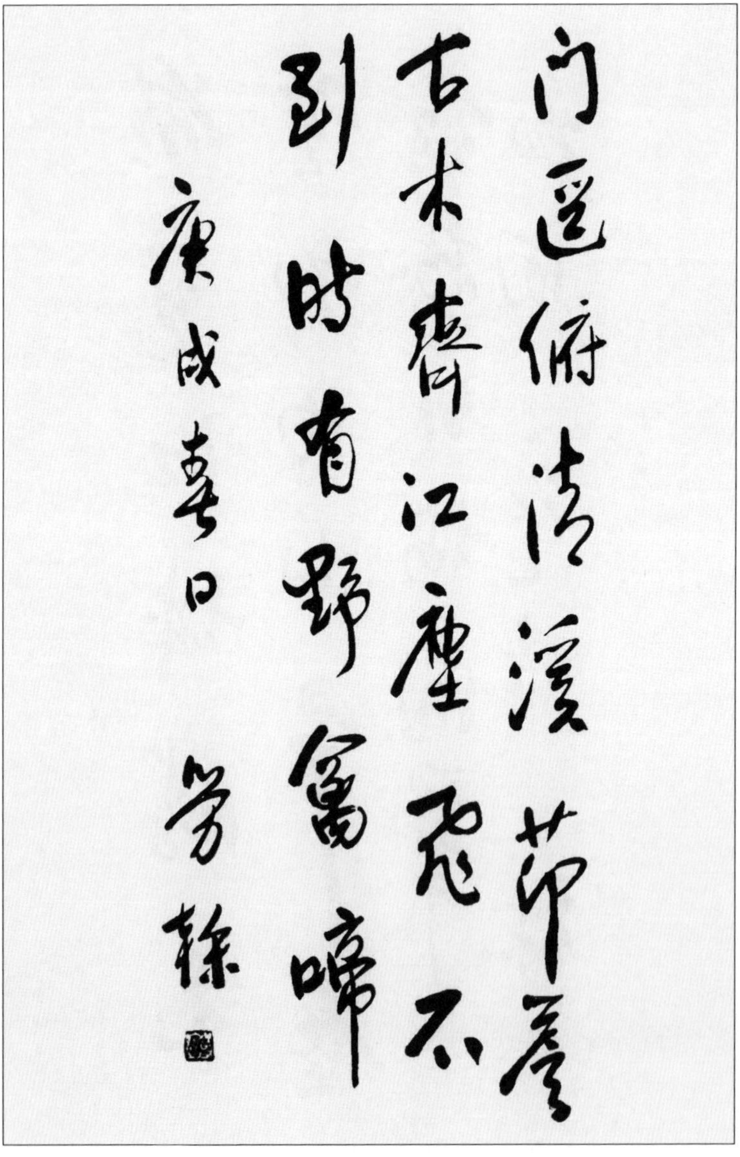
門逕俯清溪茅簷
古木齊江雁飛不
到時有野鳥啼
庚戌春日
勞榦

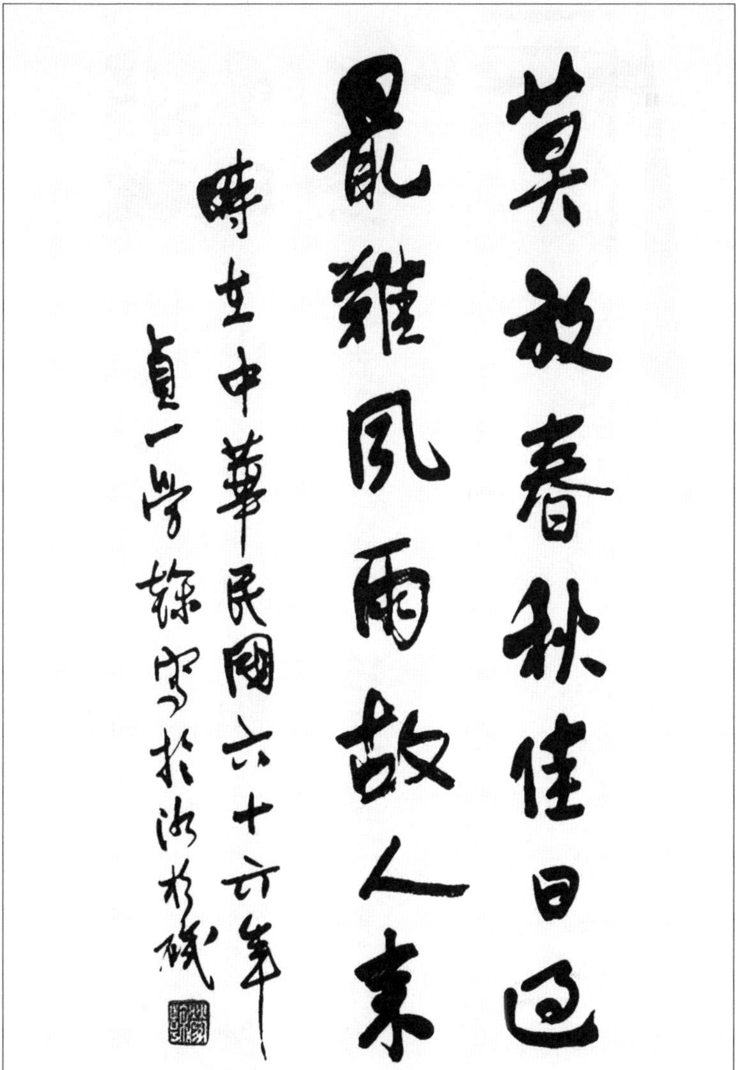
莫教春秋佳日過
最難風雨故人來
時在中華民國六十六年
貞一勞榦寫於洛杉磯

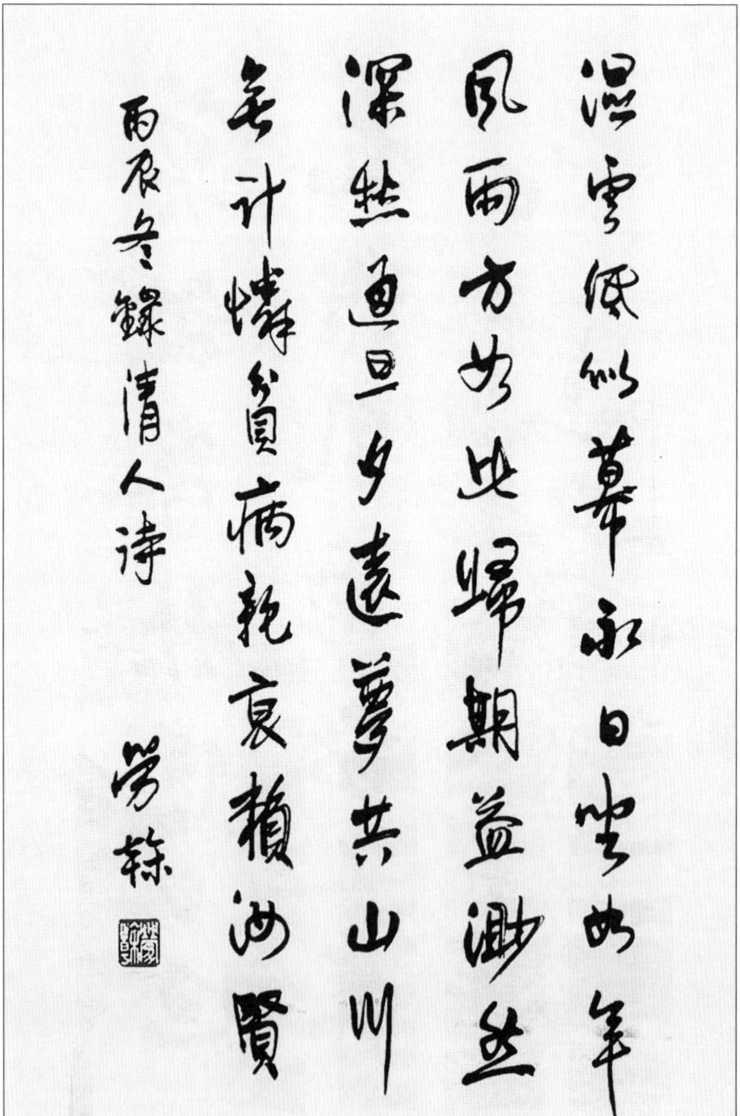
濕雲低似暮永日坐如年
風雨方如此歸期益渺然
深愁通旦夕遠夢共山川
丙辰冬錄清人詩
勞榦

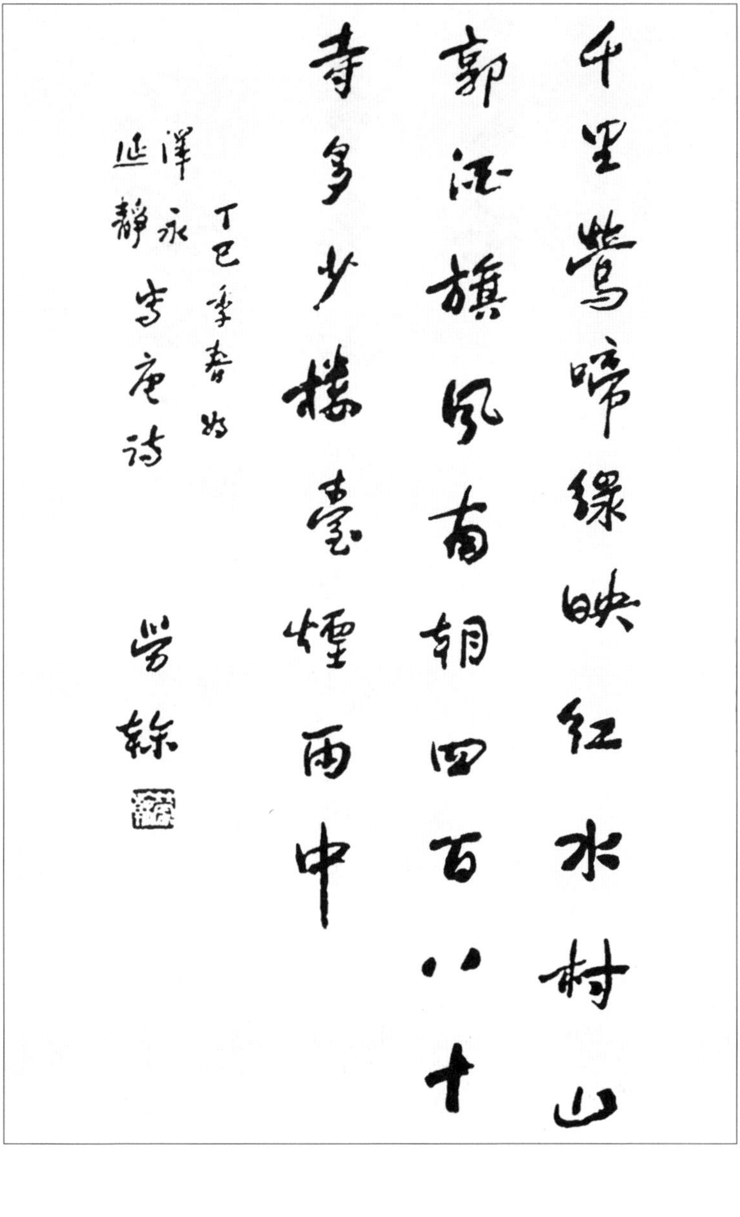
千里鶯啼綠映紅水村山
郭酒旗風南朝四百八十
寺多少樓臺煙雨中
丁巳季春為
洋永
延靜寫唐詩
勞榦

白雲空山遠隔江碧岫
生春雲烟似織月似錦
空城

筱孫

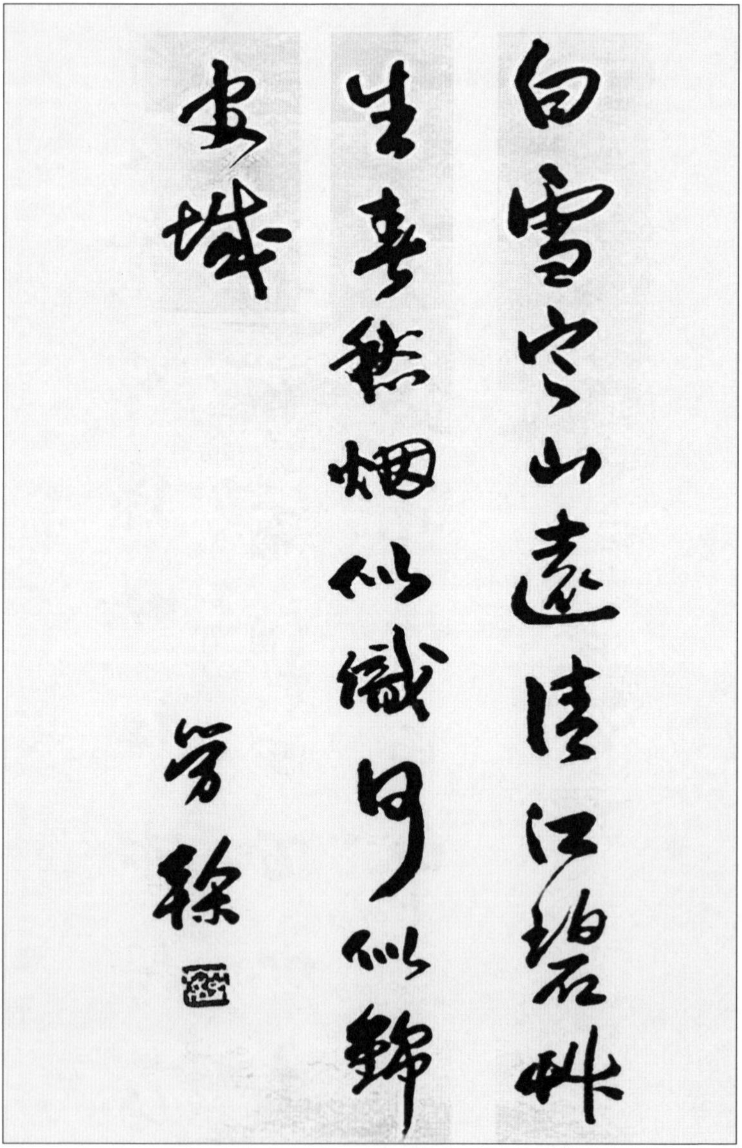

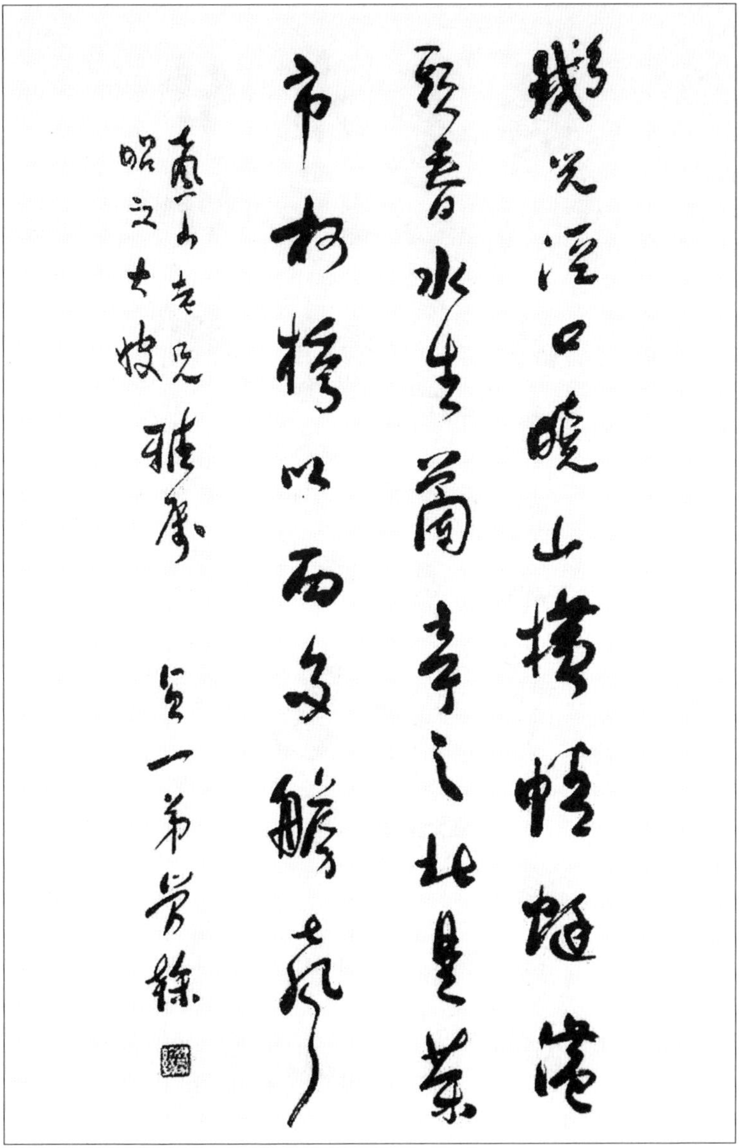

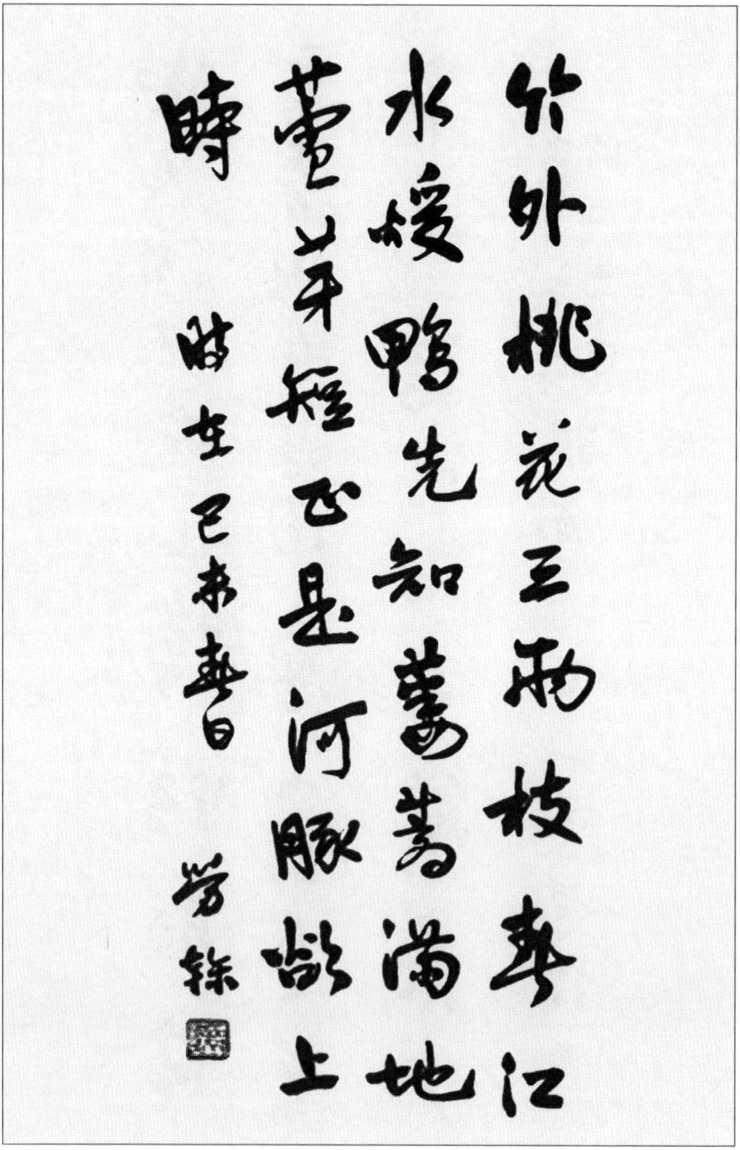
竹外桃花三兩枝春江
水暖鴨先知蔞蒿滿地
蘆芽短正是河豚欲上
時
時在己亥春書

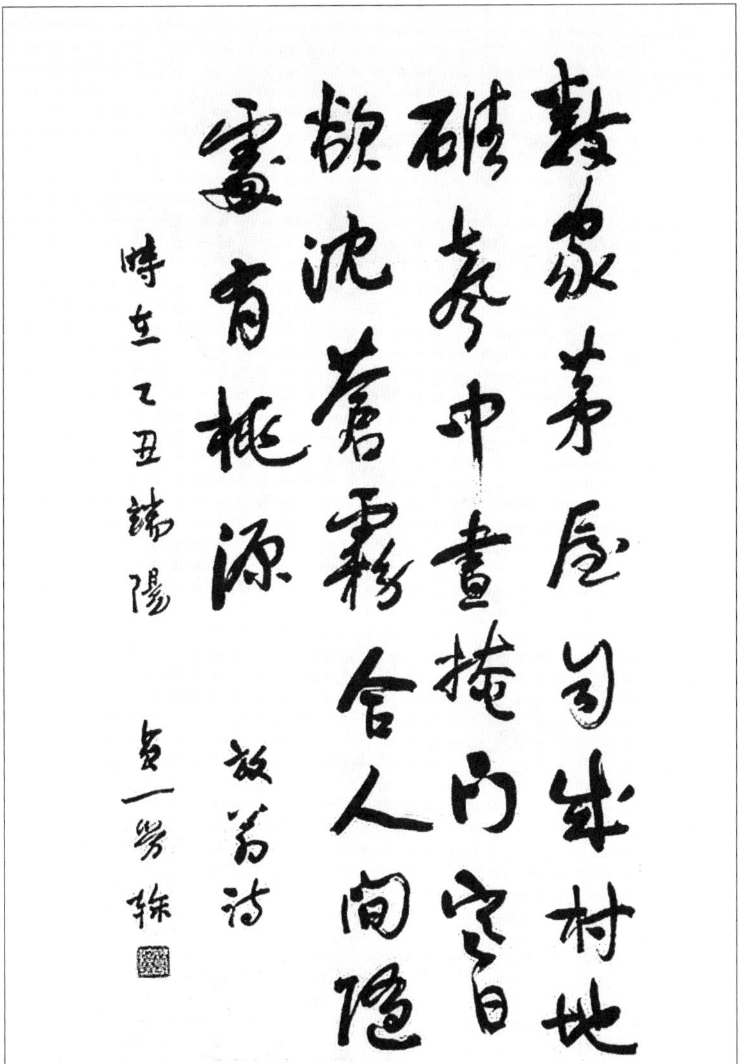
數家茅屋自成村地
碓聲中晝掩門寒日
欲沉蒼霧合人間隨
處有桃源
放翁詩
時在乙丑端陽
貞一勞榦

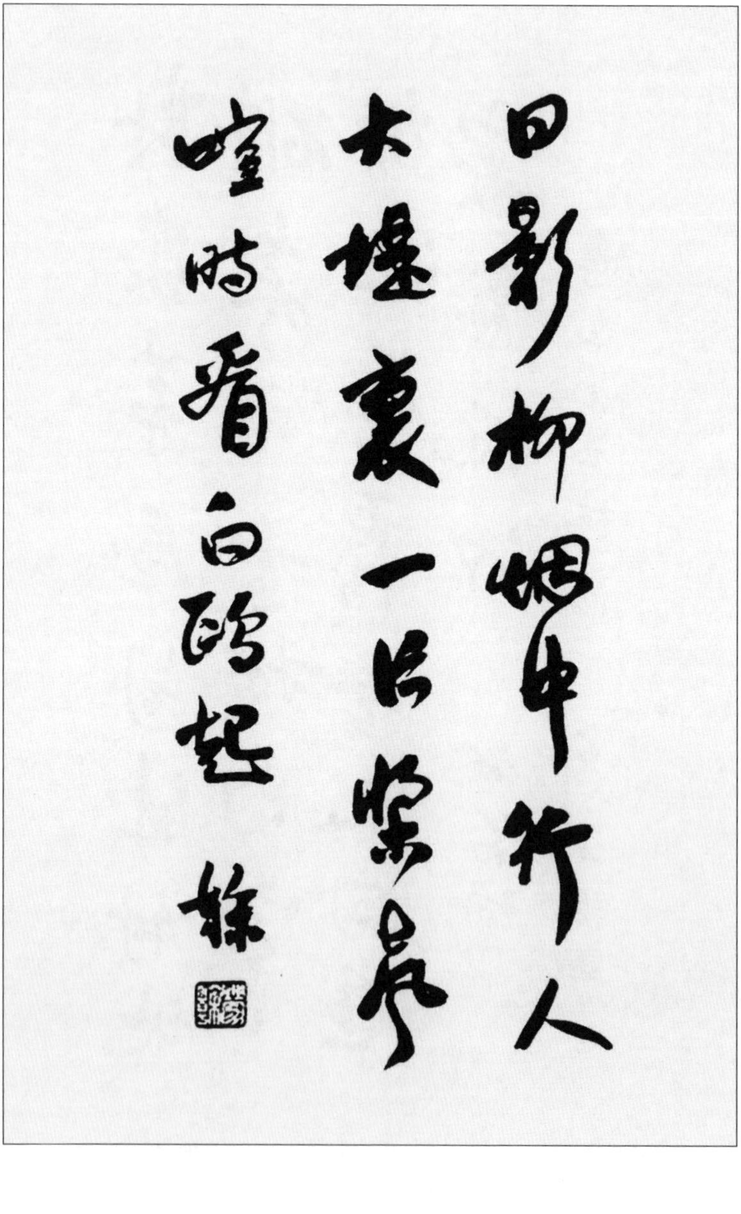
日影柳烟中行人
喧時看白鷺起

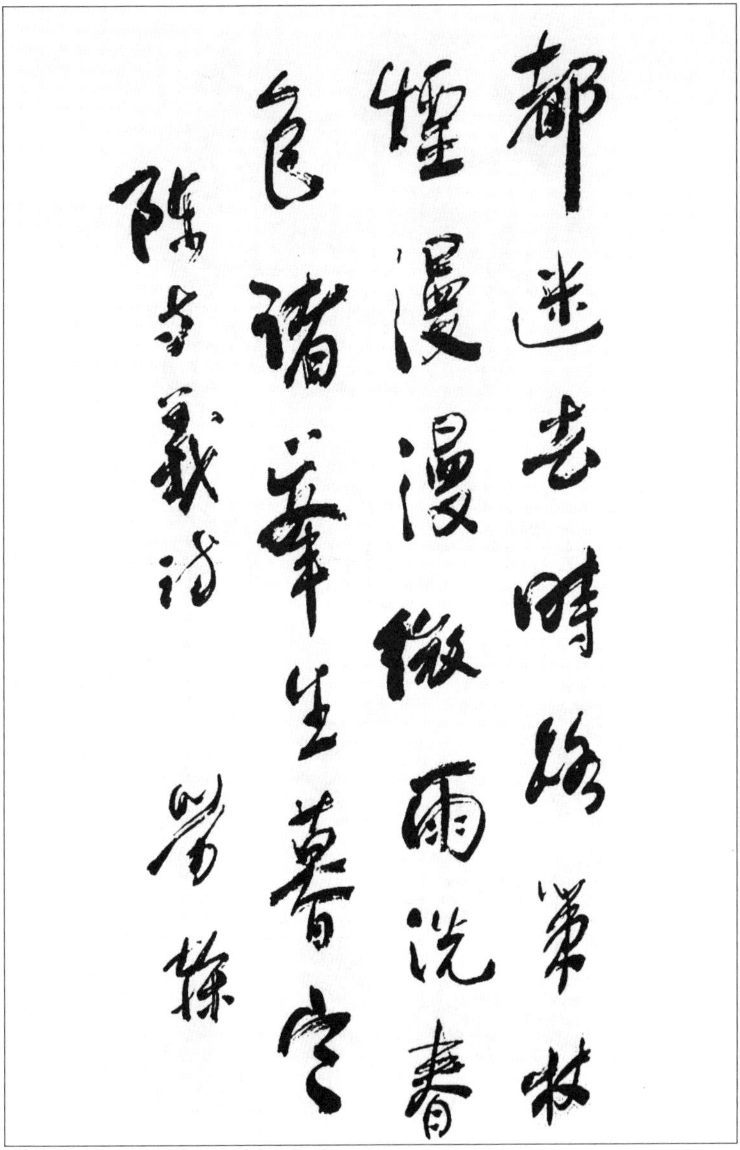

南浦歸鴻

衣舊五深巷

人家秋千庵院

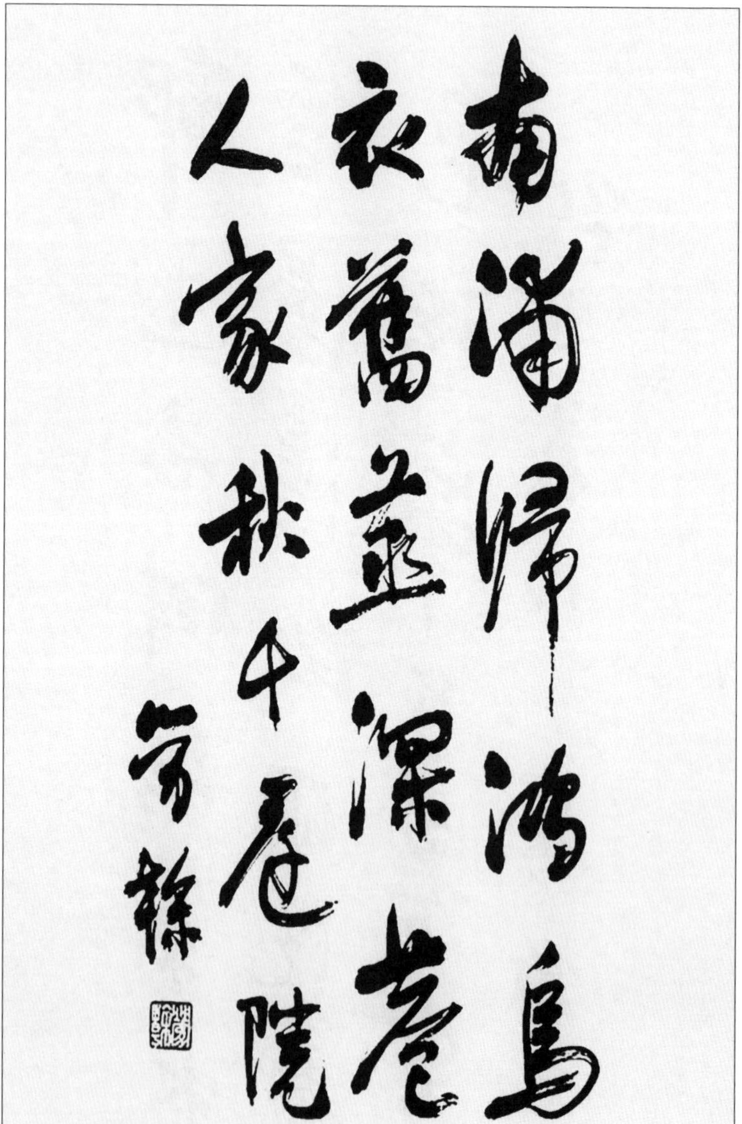

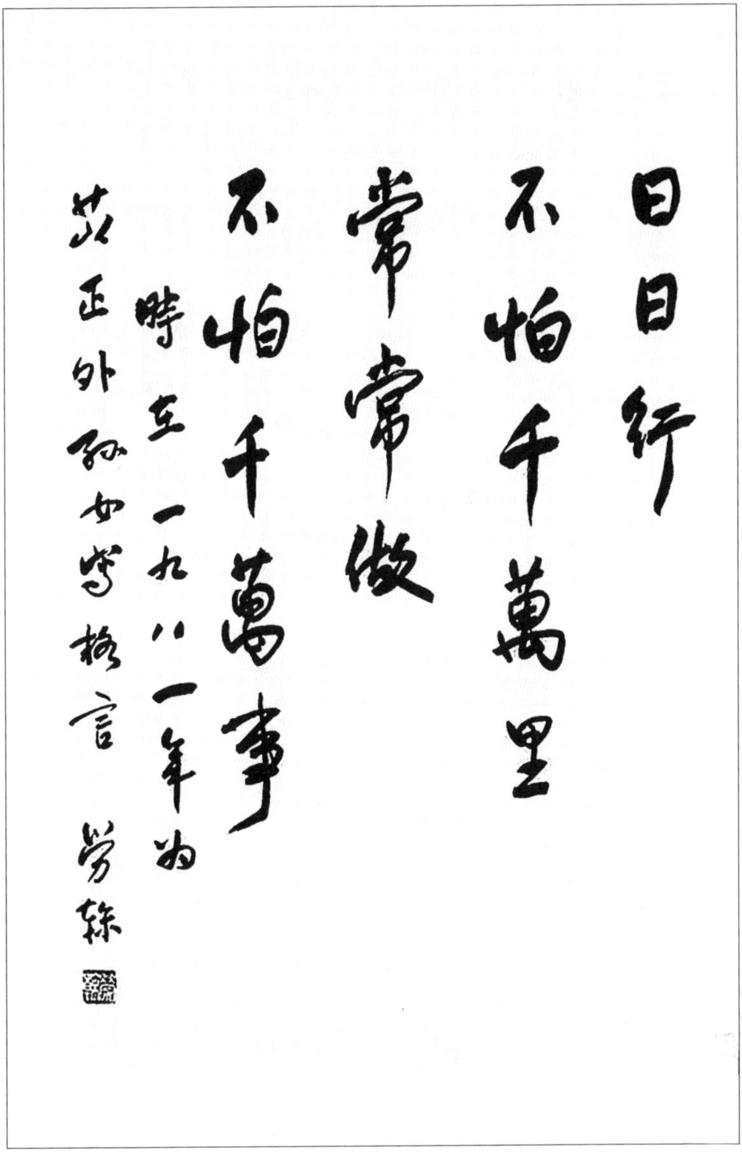
日日行不怕千萬里
常常做不怕千萬事
時在一九八一年為
莊正外孫女寫格言
勞榦

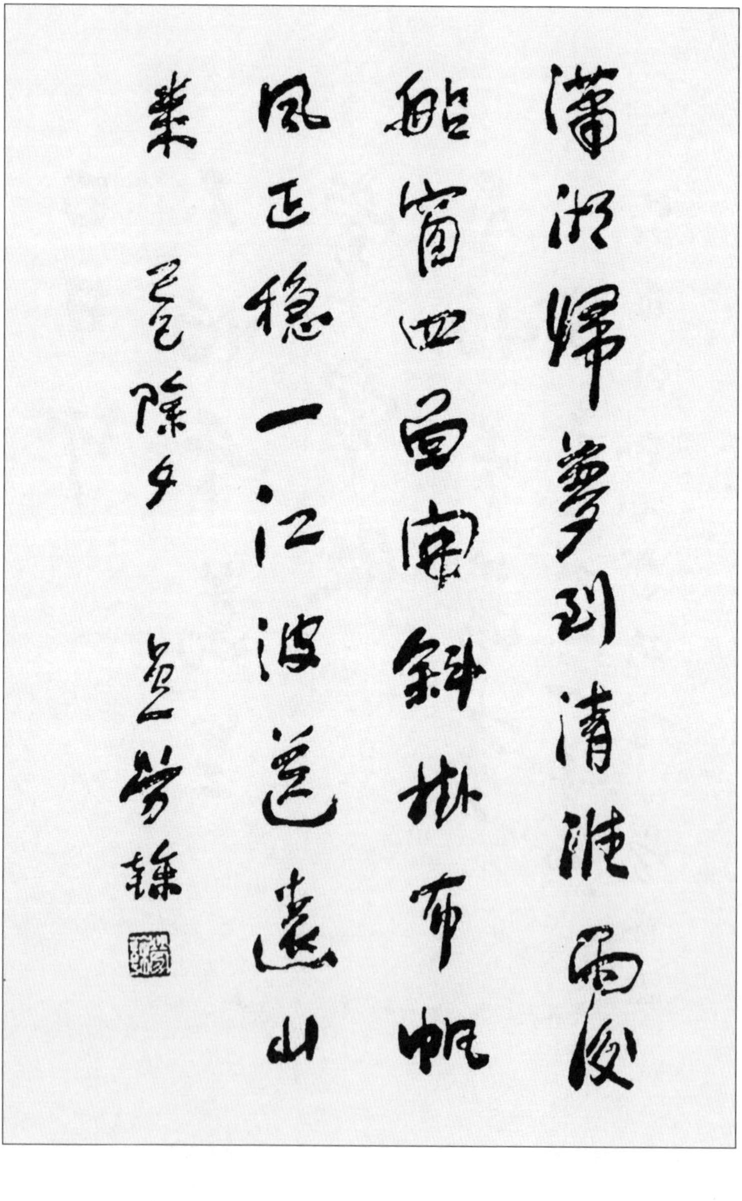
瀟湘歸夢到清淮雨後
船窗四面寒斜掛布帆
風正穩一江波送遠山
葉

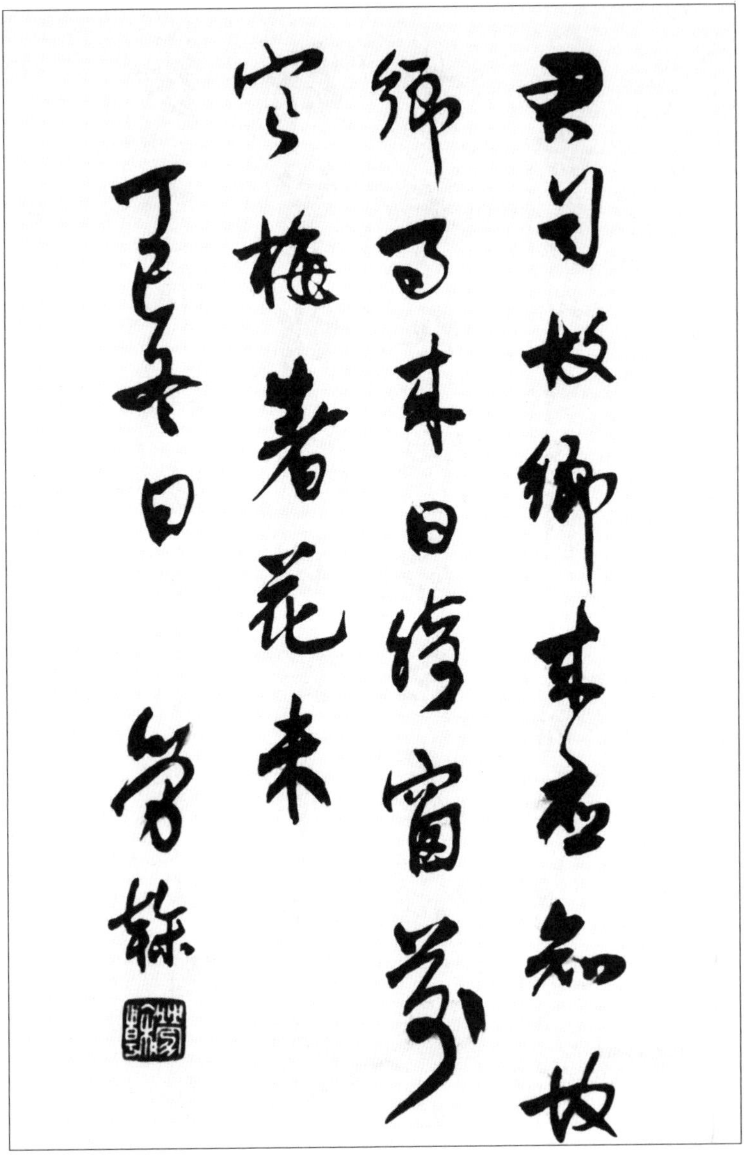
君自故鄉來應知故鄉事來日綺窗前寒梅著花未
丁巳冬日
勞榦

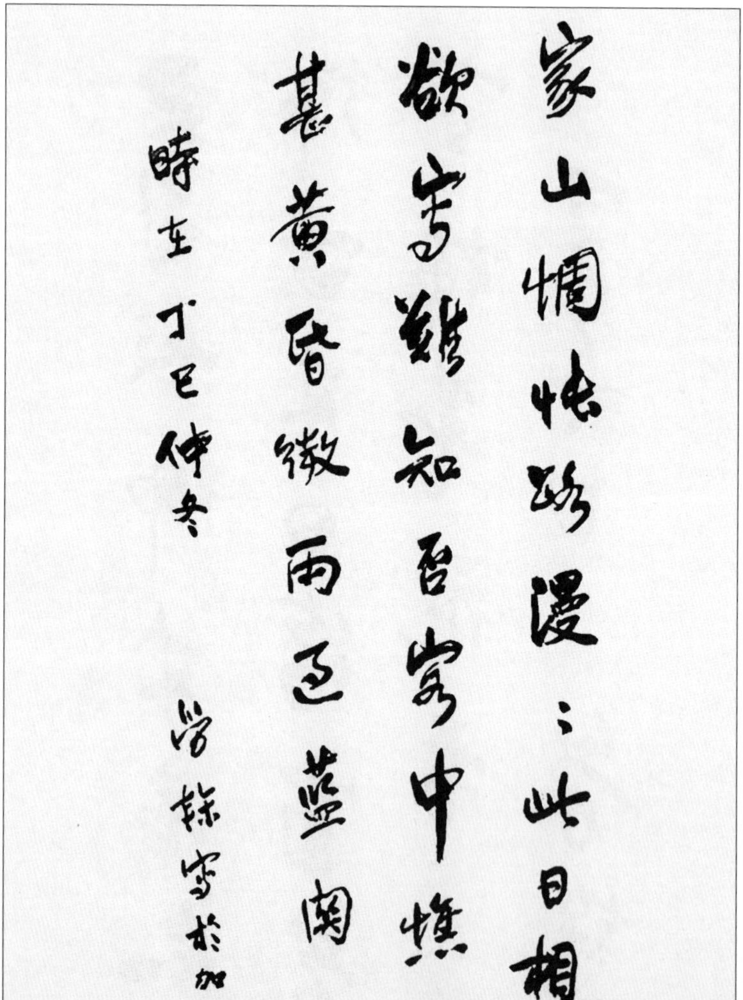
家山惆悵路漫漫，此日相思
欲寄難知否客中憔悴
甚黃昏微雨過藍關
時在丁巳仲冬
寫於加州

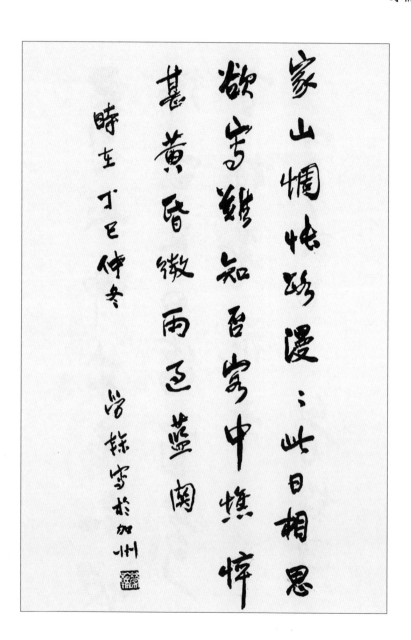

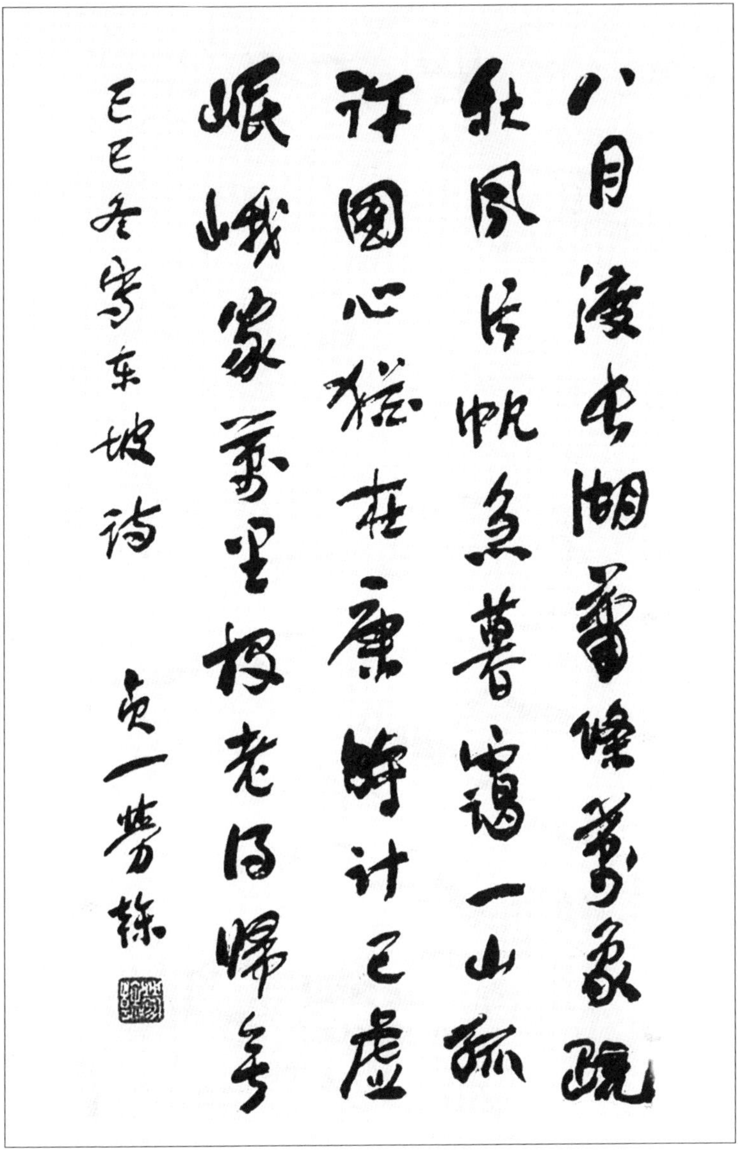
八月渡長湖蕭條萬象疏
秋風片帆急暮靄一山孤
許國心猶在康時計已虛
岷峨家萬里投老得歸無
己巳冬寫東坡詩
貞一勞榦

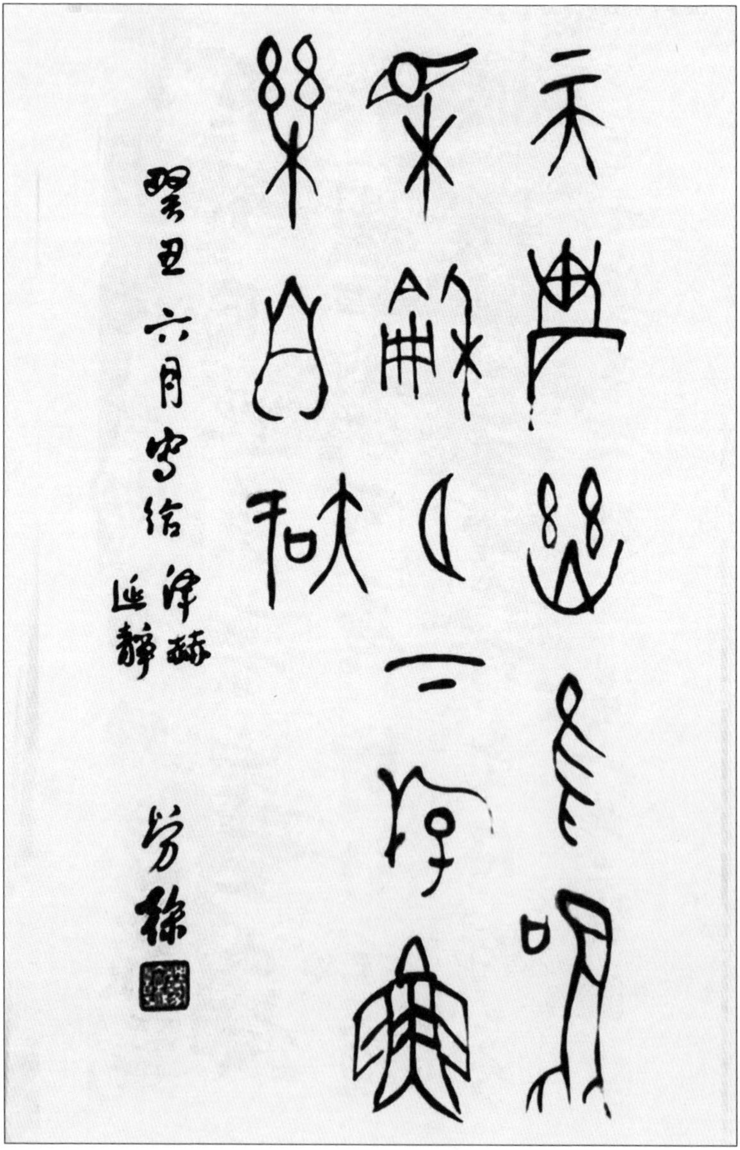

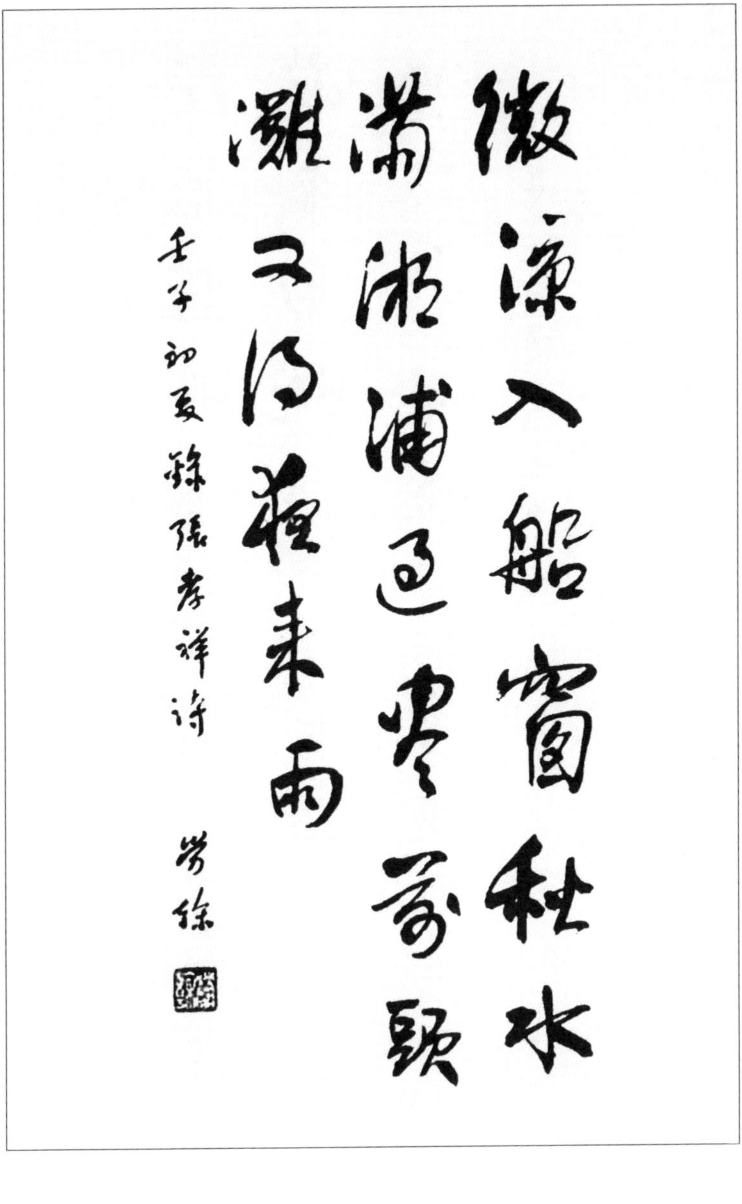
微涼入船窗秋水
壬子初夏錄張孝祥詩
勞榦

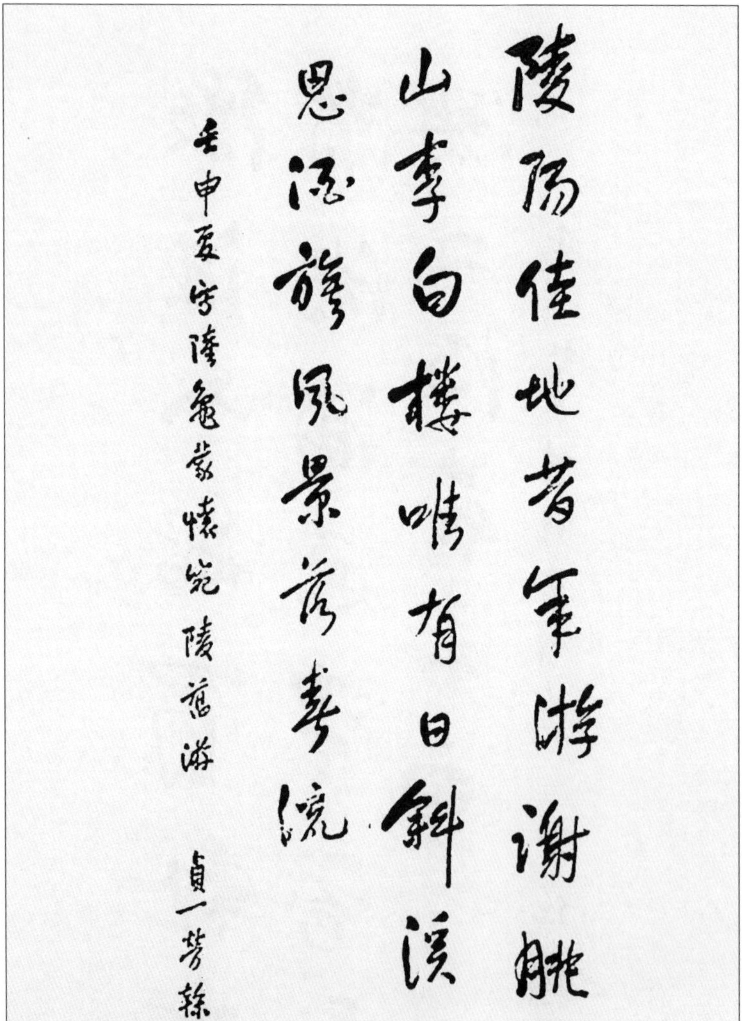
陵陽佳地昔年游謝朓青
山李白樓唯有日斜溪上
思酒旗風景落春流
壬申夏寫陸龜蒙懷宛陵舊游
貞一

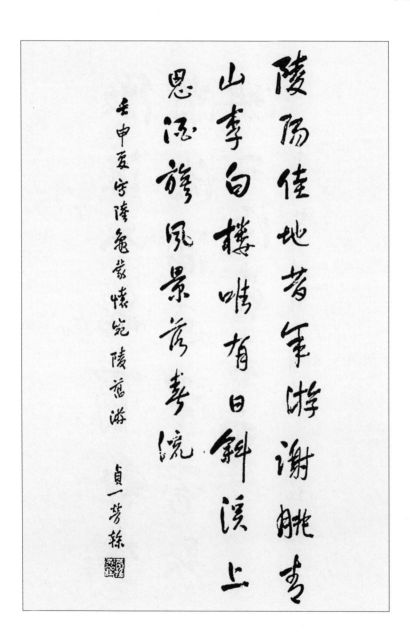

朝朝風雨暗天涯海表霜懷鬢易華

千里鴻泥回望塞雪封然絕錦城花

莾牟時雪入翠微裴天鴻鵠正翠飛

東風又綠桃溪橋寐檳塘句搗衣

學承
延靜
主滬城為雪詩二孝

上一勞榦

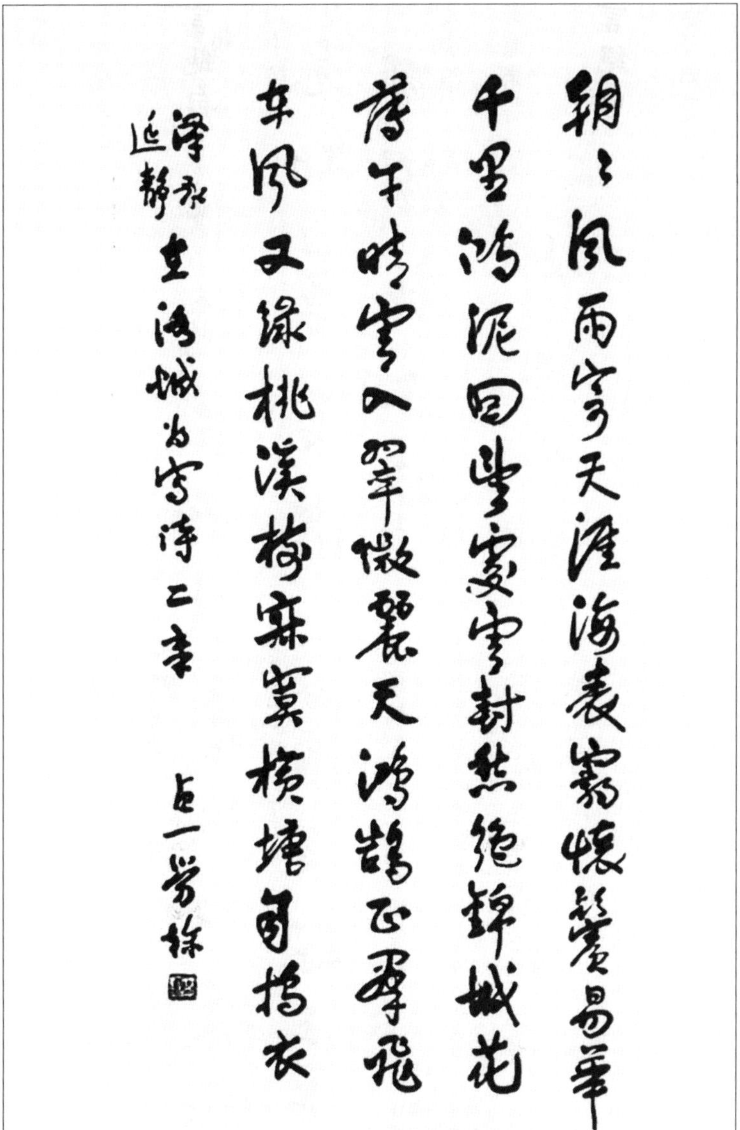

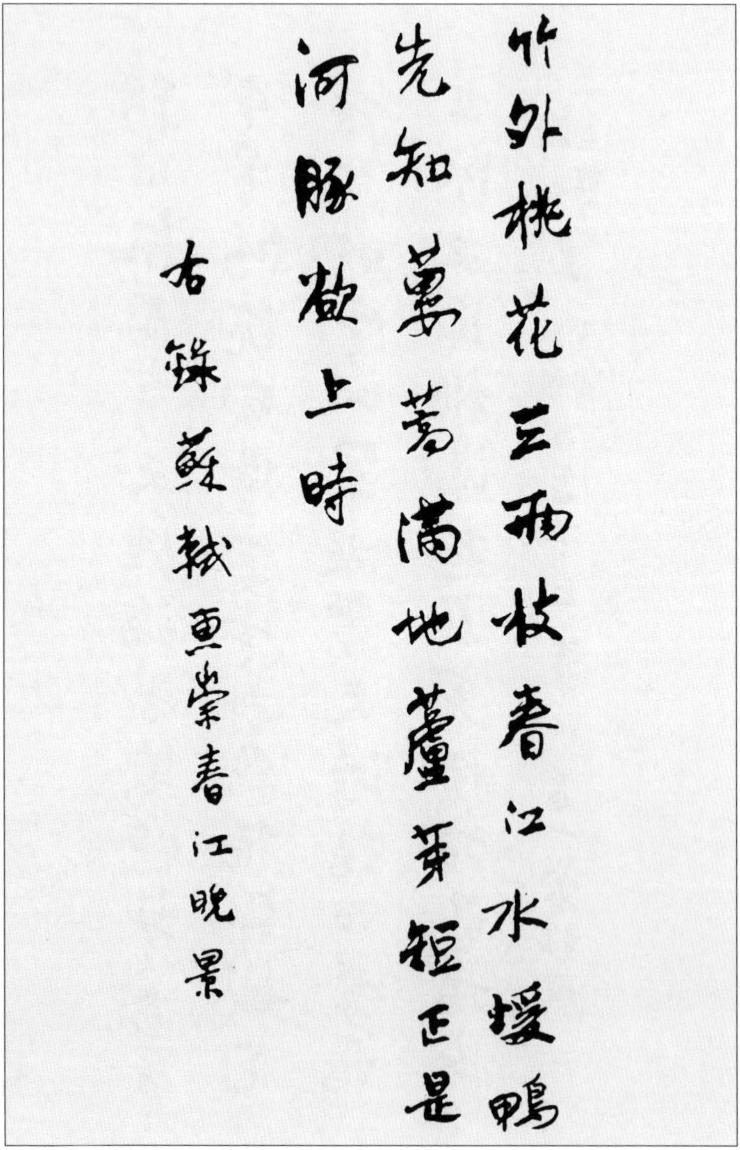
竹外桃花三兩枝春江水暖鴨
先知蔞蒿滿地蘆芽短正是
河豚欲上時
古錄蘇軾惠崇春江晚景

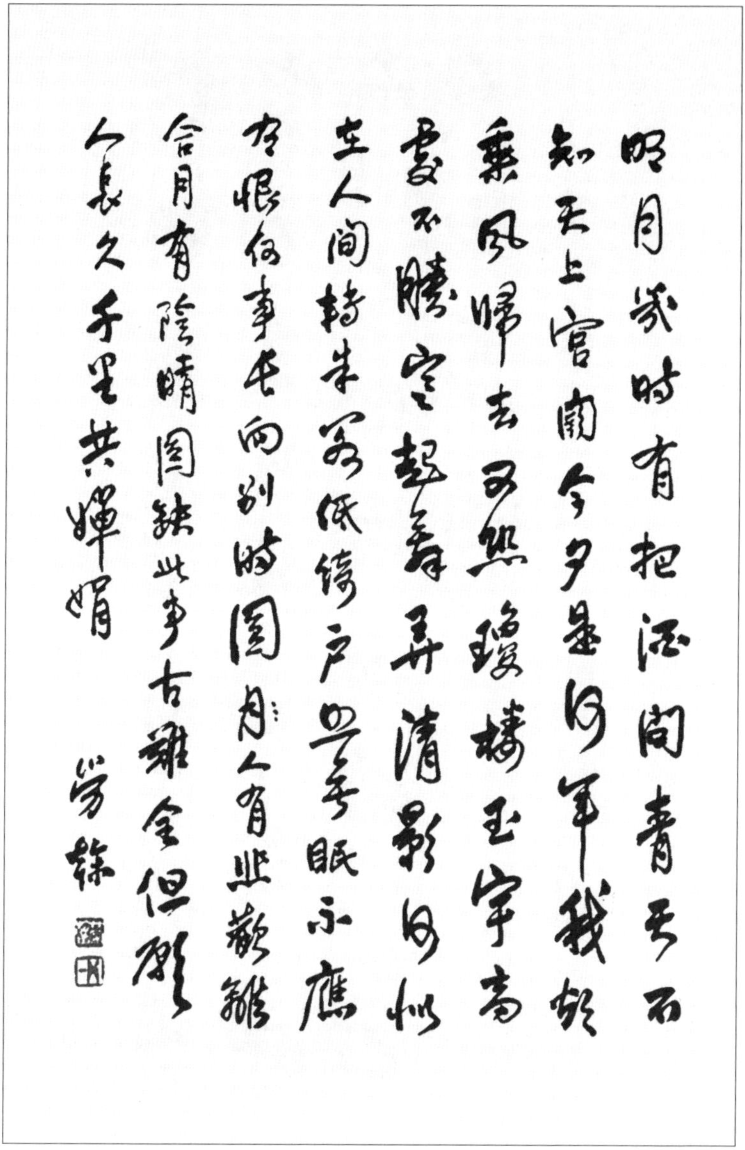
明月幾時有把酒問青天不
知天上宮闕今夕是何年我欲
乘風歸去又恐瓊樓玉宇高
處不勝寒起舞弄清影何似
在人間轉朱閣低綺戶照無眠不應
有恨何事長向別時圓人有悲歡離
合月有陰晴圓缺此事古難全但願
人長久千里共嬋娟
勞榦

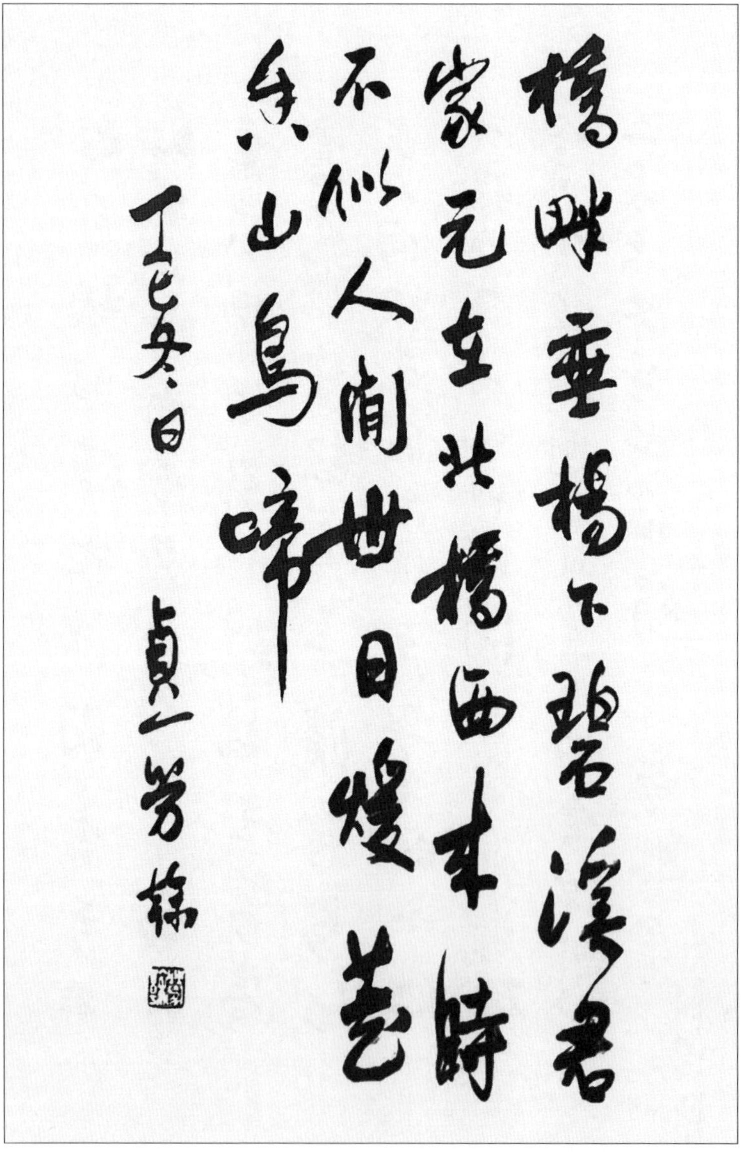
橋畔垂楊下碧溪君
家元在北橋西來時
不似人間世日煖花
香山鳥啼
丁巳冬日
貞一勞榦

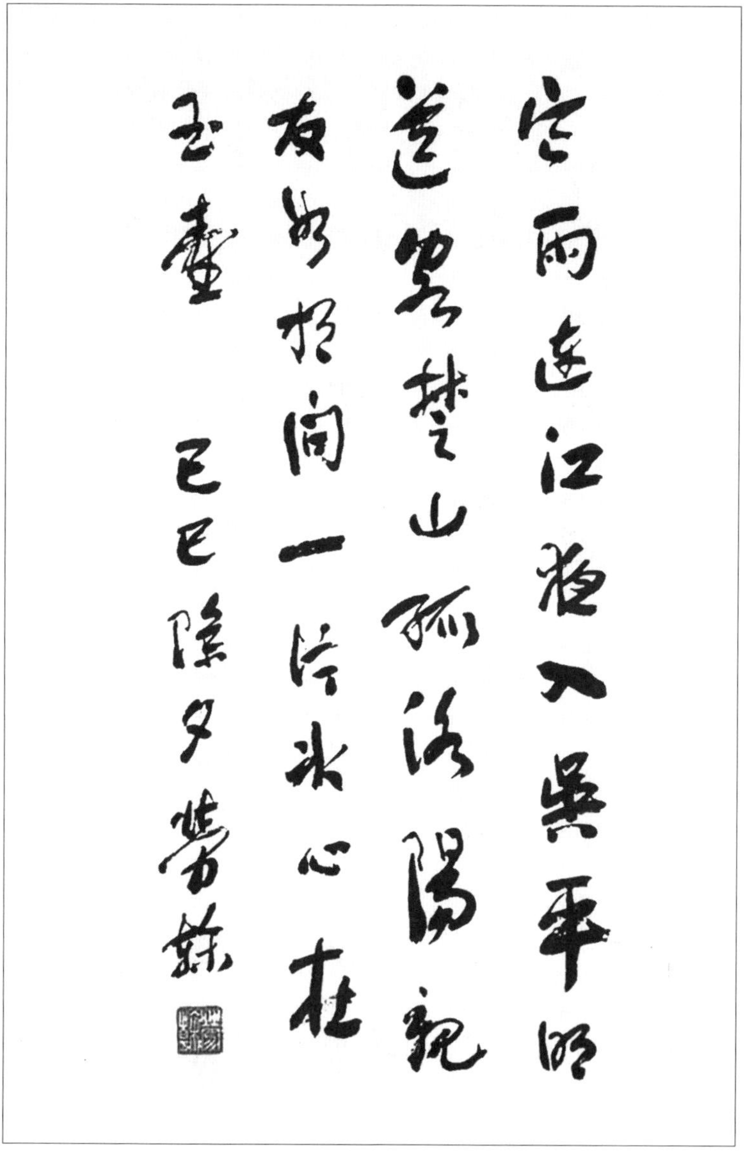
寒雨連江夜入吳平明
送客楚山孤洛陽親
友如相問一片冰心在
玉壺
己巳除夕勞榦

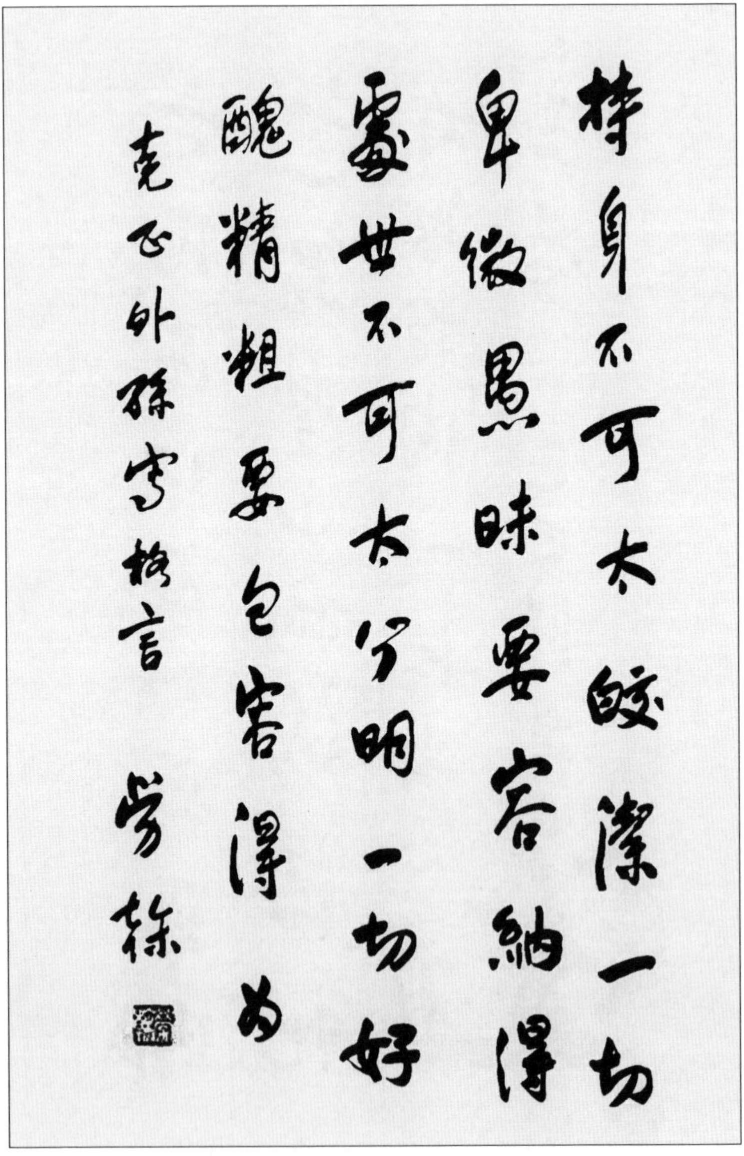
持身不可太皎潔一切
卑微愚昧要容納得
處世不可太分明一切好
醜精粗要包容得為
克飛外孫寫格言

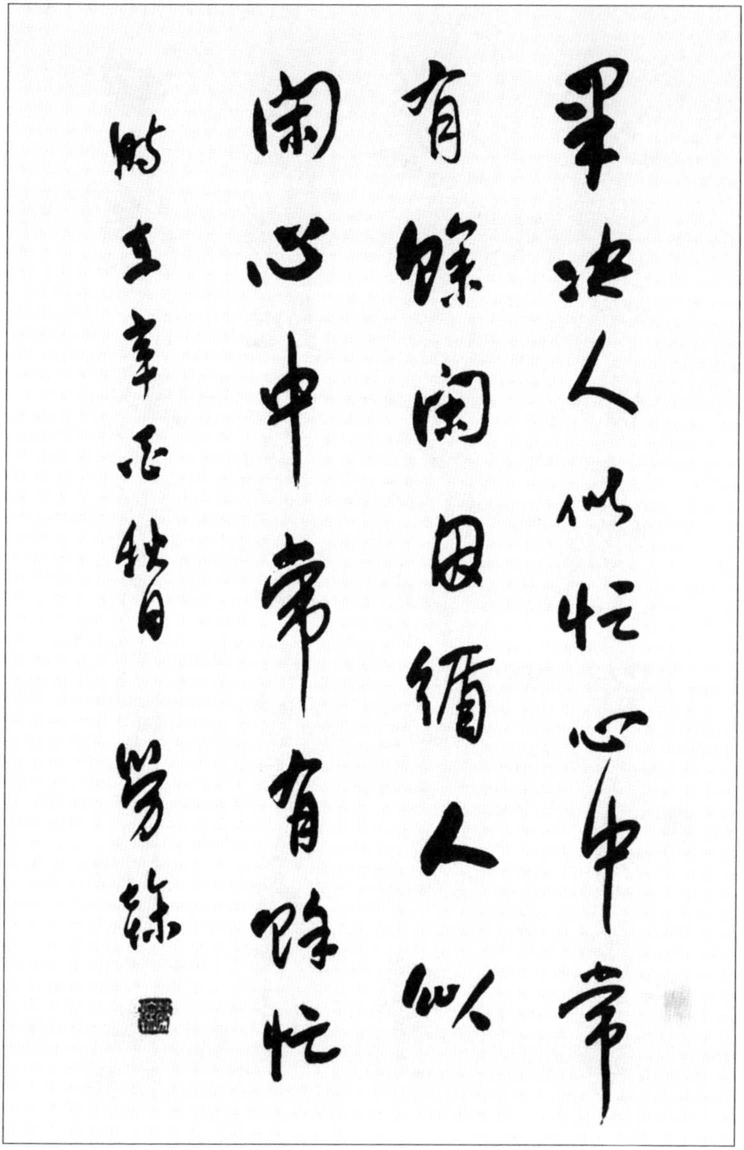
果決人似忙心中常
有餘閑因循人似
閑心中常有餘忙
勞榦

四海和平之福只
是傍緣一生牽
燕之芳撥母好事
時在一九八一年為
滬赫堅楷書
學錄

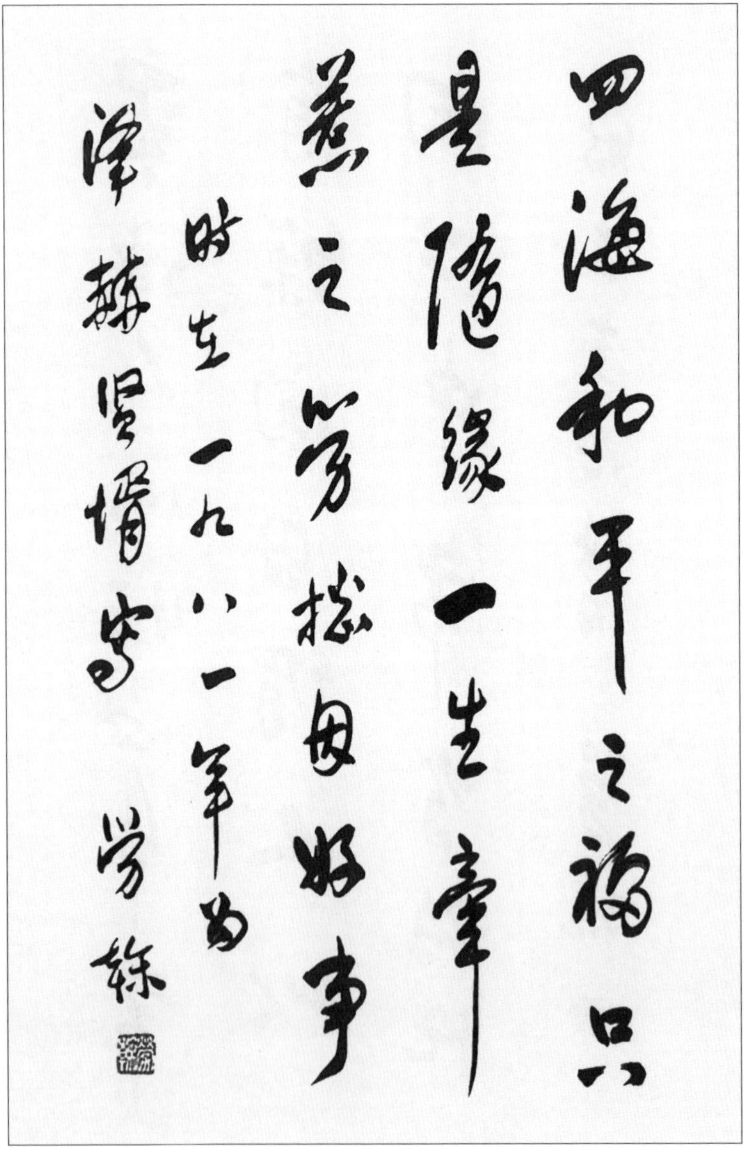

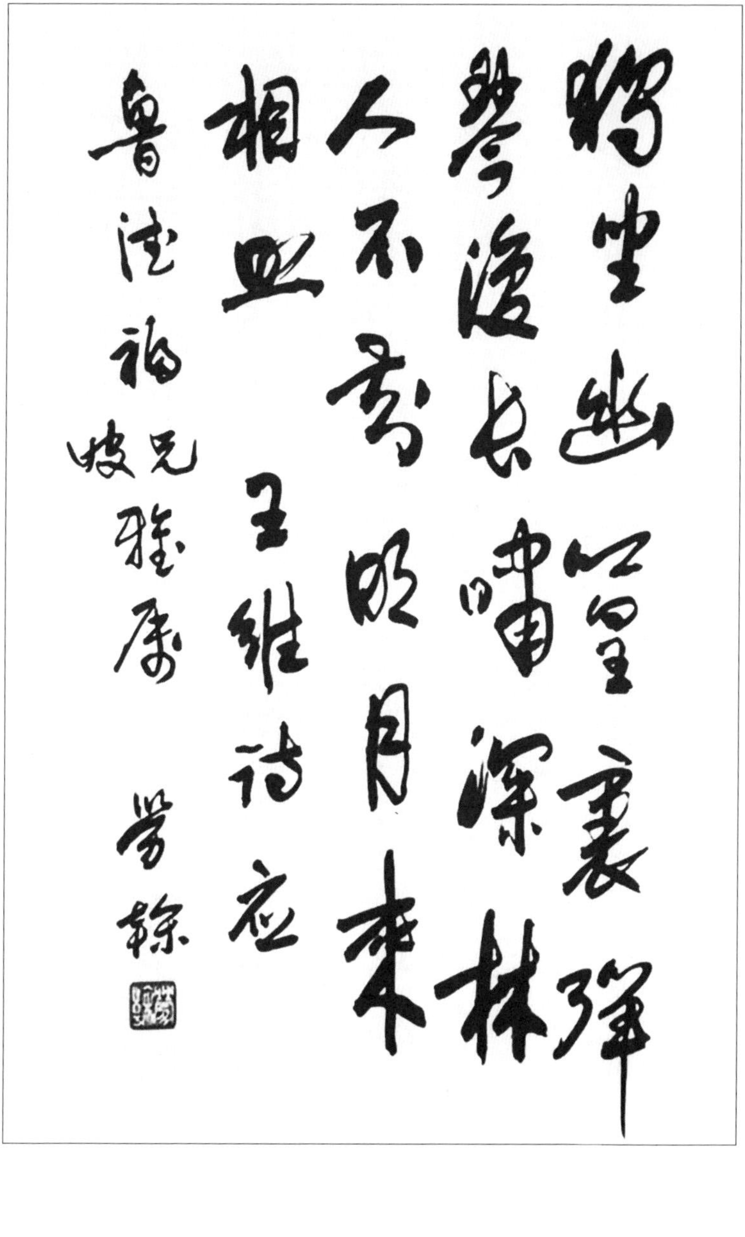
獨坐幽篁裏
彈琴復長嘯
深林人不知
明月來相照
王維詩
勞榦

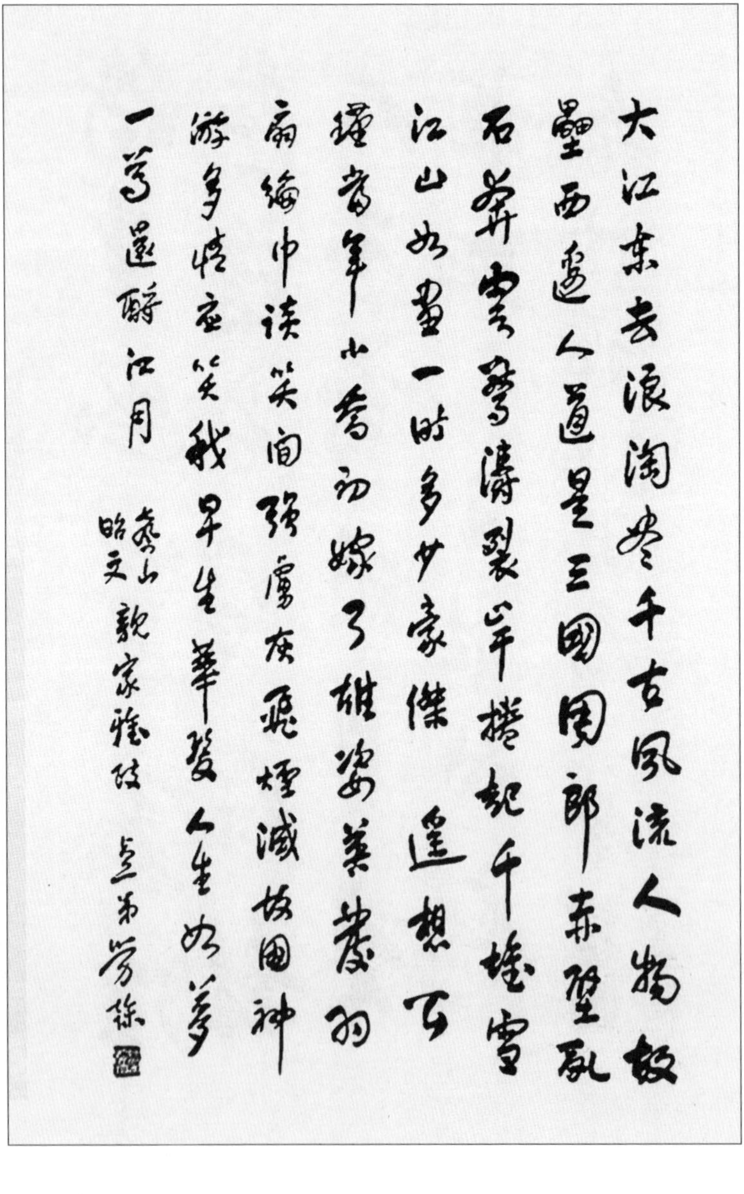
大江東去浪淘盡千古風流人物故
壘西邊人道是三國周郎赤壁亂
石崩雲驚濤裂岸捲起千堆雪
江山如畫一時多少豪傑遙想公
瑾當年小喬初嫁了雄姿英發羽
扇綸巾談笑間強虜灰飛煙滅故國神
遊多情應笑我早生華髮人生如夢
一尊還酹江月

永慶良緣
勞榦

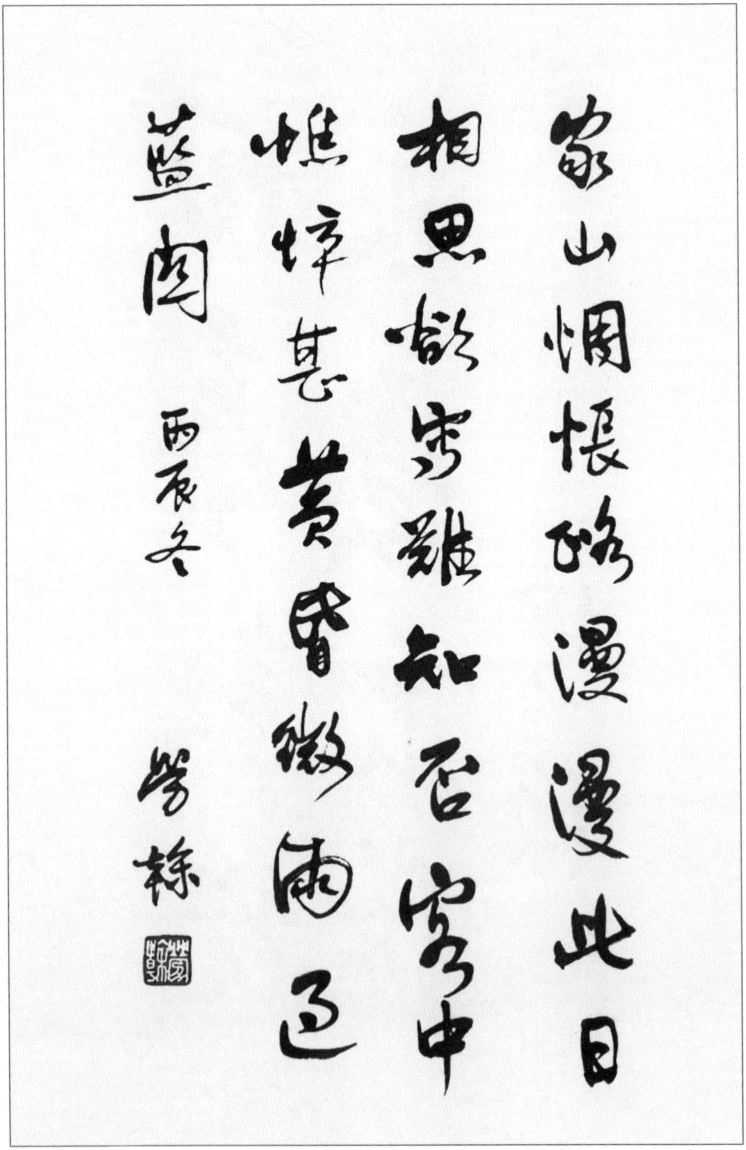
家山惆悵路漫漫此日
相思欲寄難知否客中
憔悴甚黃昏微雨過
藍關
丙辰冬

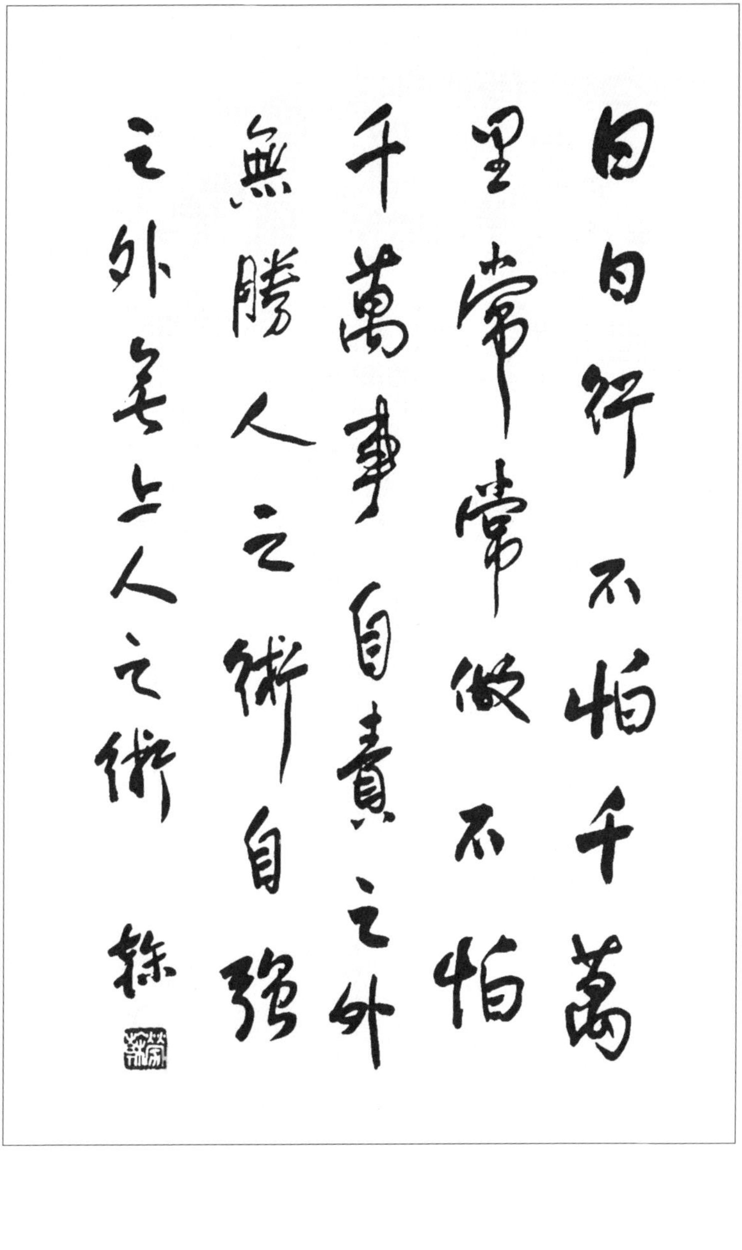
日日行不怕千萬里常常做不怕千萬事自責之外無勝人之術自強之外無上人之術
榦

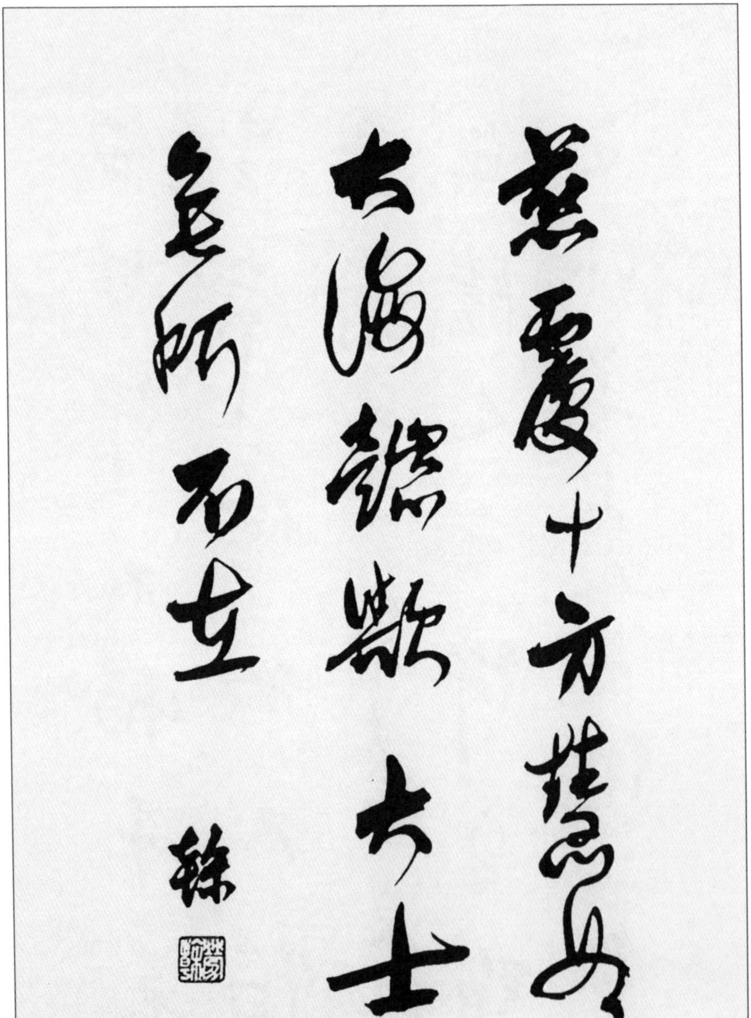

白日依人
到海隨波
雲子墨貴
新紗夢

手寫夢
首年句此
日雖情信
戀家慶澤
堅永秋似
玉輕雷宕
霞晚勝車
照翔又向中
原身愁對
長河向舊
搖甲申八月
正古平洋之
作寫侶
澤翔
延靜　芳榦

歌晚經濟
麗相雲將
立梁平懷
歲華遙向
烏衣髮壺
于夕陽深
霞与気家
眠若西風
邑未央長
安妹部云
蒼茫倉情
今夕天池
永莫向銅
仙向蓬萊
　時在庚申季冬
　　游永寄詩
延靜　芳榦

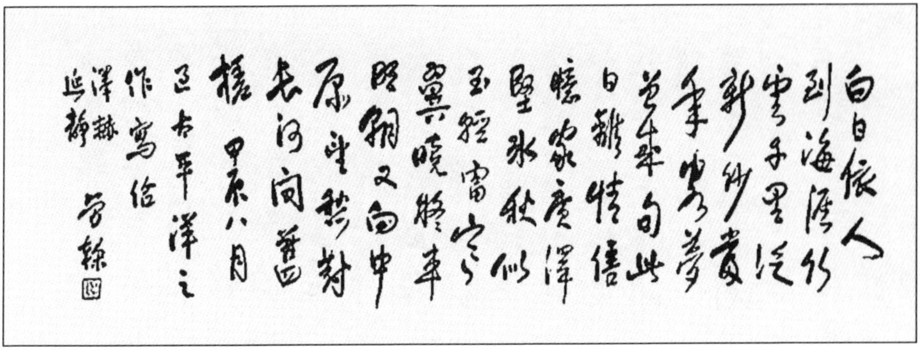

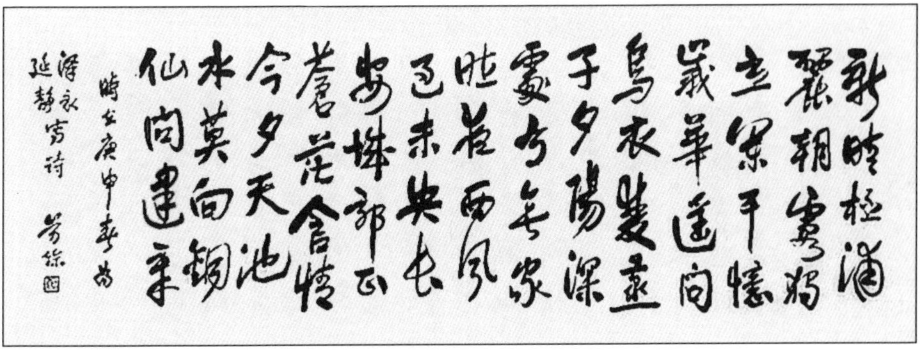

山圍鏡玉水流
雲緯谷相陽
澤蔭陰泉父
吟咸師曠
老末絲淘滴
陀沈沈淘滴
吉陽化作壽
蓮家景遠為
吟句佛經初
下首荒徑細懷
壇唐秘徑楚棠
拾塵泥十二秦棠
甘泉太宅神仙
圭事后土祠芳祝
志皇泊
澤永岑萬住
延靜　　　甶

海國樓逼藏月
流西風又見上
林邱遠懷侶許
付三徑論道匀
塔籟六朔十載
樓老老盡到千
秋酸闊香萍浮
報難此意何孤
往悄向新遲澤
句不南溟風候
雨孤孤海氣盤
塘省姿潮威
竊愁陪象辟猪
翩玄義費沈思
雛挑閱柳青戚
懷耿耿長天漫
餓詩宿夢鳴雞
方咸旦中原燈
火生春遲為
澤永岑　　　
延靜　　　岑餘

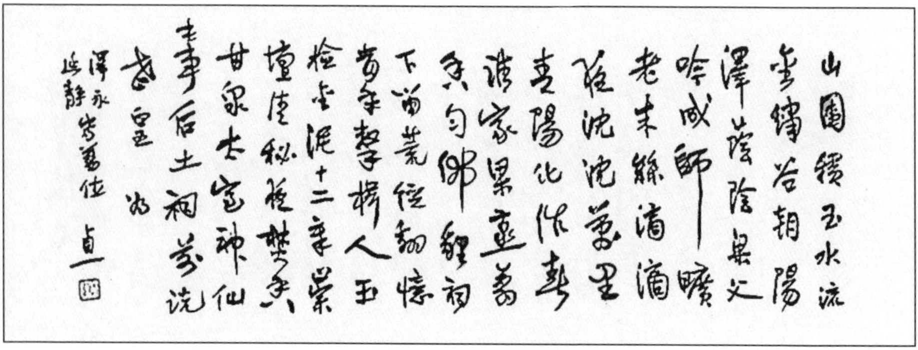

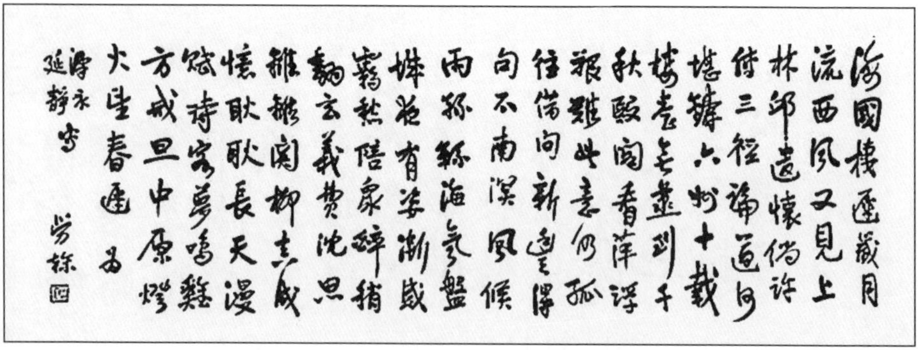

附錄

勞榦先生　家庭及閑居照

◆這張照片是一九三〇年代勞先生在西北做居延漢簡之研究時攝

◆美西海邊

◆美西國家公園

◆ 與長外孫克正一歲時

◆ 家後院

◆遊動物園

◆與女延靜

◆訪張大千先生於北加州，與黃君璧、李霖燦二先生不期而遇，四老友相見甚歡，攝於張府後院。

◆與婿張永及外孫克正、外孫女苡正攝於美東華盛頓。

◆在女兒家，後面是手寫舊作橫幅

◆ 與孫輩合影

◆ 與女延靜 幼子延炳兩家

◆全家福（一九八六年）

◆一九九二年 鑽石婚紀念
先生八十五歲生日及結婚六十年紀念
伉儷情深同甘共苦六十年！

◆鑽石婚紀念 全家福（可惜三位孫輩永晉、永睿、永惠正在學校，因路途遙遠未能出席）

◆在臺開中研院士會議時，圓山飯店的走廊上

◆參觀博物館，古董家具前攝。

◆於幼子延炳家中

◆離台十餘年後，在舊居台北市和平東路一八三巷3號大紅門前留影紀念。

◆ 1999 年，夫人已逝。由女延靜，婿張永陪同，
重遊故國蘇杭上海。

◆ 與婿張永合照

◆ 此照片應為與夫人晚年之合照

◆ 在蘇杭

◆ 在蘇杭

◆ 在蘇杭

後記

先父勞榦先生是為人所熟悉的文史學家，他有等身的專業著作及不凡的研究、見解。但是先生的詩文，除了同輩之外，卻鮮為人知。

先生有子女四人，即延煊，延炯，延靜，延炳。惜自先生去世之後（二〇〇三年），幼子延炳及長子延煊亦不幸分別於二〇一一年及二〇一六年因病去世。延炳英年早逝，讓人痛惜，而延煊頗負文采，又屬文史專業，竟不及將先父的詩文著作整理成冊，實令人扼腕不已。

此集詩稿，主要仍是依據 一九七九年父親自己收錄的詩詞小冊，曾經過他自己的校定。尚有幾處印出之後發現的遺誤，在此次發行時都將一併改正。最後的三首追憶詩是在先母去世後數日之內完成的（一九九八年），此後沒有發現新的詩作。除此之外，先父的詩作當還有一些，但應都在延煊收藏保管之中，惜現在都已佚失而不可考。

至於先父的法書，則多是在一九七〇及一九八〇年代時期寫的。因為我憶及在台灣的時候，常有人來家求文求字，不論是公私收藏或是有紅白大事的需要，而他也頗因此而自豪。故而，當父母來我家小住時，待他們午睡起來，常磨墨央父親揮毫鍛鍊。全家大小圍觀，引為樂事，因而得以珍藏多幅墨寶。雖多為隨興之作，但時光不待，至今仍然萬分慶幸及回味當年。不過，相信兄弟們家中也保存了相當墨寶，但因篇幅已大，故未曾要求他們辛苦蒐尋。

照片乃取各時段略有代表性的，儘管有的模糊不清，有的背景不明，當然，更有許多被遺漏了！

今感謝蘭臺出版公司，為這一些我們儘可能收集到，但是多為先父早期的詩文，作幾為無償的編修、出版，並隨篇附上一些墨書及生活照，于以傳世。我等對這份隆情高誼，必當銘記在心，也藉此對後代有所交代，並略以告慰 先父的在天之靈。

勞延靜謹識

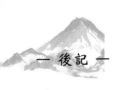

又先父勞榦先生的著述除去專業論文已在各專刊發表之外，其他論文和較為通俗普及之作，現在正由家兄延炯努力聯絡，進行出版之中。計有以下幾種：

- 《勞榦先生學術著作選集》（蘭臺出版公司）：含在台灣出版的兩部論文集。
- 《秦漢簡史》、《魏晉南北朝簡史》（中華書局）：此二書均為原在台灣發行的普及史冊。
- 《勞榦先生著作集》（福建教育出版社）：此書含在各處發表的一百多篇論文及雜文。

— 後記 —

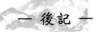

國家圖書館出版品預行編目資料

成廬詩稿 / 勞榦 著
--初版-- 臺北市：蘭臺出版社：2020.08
面； 公分. --（勞榦選集；1）
ISBN：978-986-5633-77-6（精裝）

851.486 107022820

勞榦選集 1

成廬詩稿

作　　者：勞　榦
編　　輯：塗語嫻
執　　行：楊容容
封面設計：塗宇樵
出 版 者：蘭臺出版社
發　　行：蘭臺出版社
地　　址：台北市中正區重慶南路1段121號8樓之14
電　　話：(02)2331-1675或(02)2331-1691
傳　　真：(02)2382-6225
E—MAIL：books5w@gmail.com或books5w@yahoo.com.tw
網路書店：http://5w.com.tw/
https://www.pcstore.com.tw/yesbooks/
https://shopee.tw/books5w
博客來網路書店、博客思網路書店
三民書局、金石堂書店
總 經 銷：聯合發行股份有限公司
電　　話：(02) 2917-8022　傳 真：(02) 2915-7212
劃撥戶名：蘭臺出版社　帳號：18995335
香港代理：香港聯合零售有限公司
電　　話：(852)2150-2100　傳真：(852)2356-0735
出版日期：2020年8月 初版
定　　價：新臺幣800元整（精裝）
ISBN：978-986-5633-77-6